黃昏市場

凌雲杉 著

推薦序

文／敷米漿

我記得自己小時候也經常往來果菜批發市場。國小在果菜市場旁，國、高中上學的路上都必定經過。那是一個彷彿充滿了果菜腐臭味道的坑洞，有著大大的巨口，不快點經過就可能被吞吃入腹。

好多年以後，我在這本書上看見了我所不知道的、那巨口之中以及衍伸其外的某一段人生，或者兩段三段。對於這三個故事，閱讀之中好像有第一個故事主角，美華吸入第一口菸的那種暈眩感。本來以為的巨口，事實上恰如一個不斷旋轉的隧道，將我納入其中，越來越深入不可自拔。有那麼一瞬間我以為這不是小說，而是一種紀實，一種紀錄片模式，內中的一切場景一切人物都是真實存在的，我想凌雲杉在這個部分展現超強大的渲染力。我認為那不僅僅存在於文字，更存在於這個人，這個靈魂。

我可以輕易想像這個女孩在市場門口發愣的樣子，看著水果攤的水果，自行結構眼前的所有可能性，而這種與自己寂寞相處的能耐，最適合在這文字的世界裡頭發芽。頭上長出了幾根草。腋下也冒出了幾朵花。這作品有一種芳香。

說來奇怪，本來對市場擁有的味覺，竟然隨著這個作品改變了。這是個很有野心的作品，雖然芬芳，卻很清晰地感受到對於家庭的沉重感。美華是如何看待自己選擇追求所愛而離家的母親呢？或許因為這樣，後來的割裂早已經確定了路線。如同市場的那棵大榕樹，或許從來沒有預料到一場颱風會讓它結束在市場屹立不搖的那麼多年。

時間會帶來一種莫可抵禦、難以言述的滄桑。而這種滄桑感，在這個作品當中恰如其分地被揮灑在應該出現的地方，對我來說那是串接著兩個故事的水餃，或者無所不在的市場。那些我們總是一晃而過毫不在意的場景，那些我們覺得理所當然的細節，終有一天會像信義區那片水田一樣，再見，也從此不見了。要勾勒出這些帶著時代感的文字前行，確實讓我回憶起諸多七〇、八〇年代的文學作品，同樣地深邃，就有著屬於這個世代的筆鋒。你知道嗎？我讀著讀著，感覺自己的腳或者在那地毯上也冷。耳邊也傳來市場吆喝聲，或者蟬鳴。我很想親自去到市場找找這些線索，或者有一日可以親口吃下那水餃。

上網搜尋一下永春市場離自己熟悉的地點有多少距離，身為桃園人的我，對美華媽媽的服飾店座落的南門市場，那短短的一條街，會不會真的曾經有那麼一間所在可以讓人探險。有多久自己不曾那麼悸動地想按圖索驥？我都不明白了。於是我很慶幸自己閱讀、自己沉浸。我想，這麼奇幻的一段旅程（但這故事根本一點都不奇幻），你們一定會很感興趣。那麼，我親愛的朋友。

準備好，深呼吸。這本書有點沉甸甸，但也充滿了奇趣。這段旅程像走進隧道，我伸出我的手邀請你們與我一同，一跨進去就無法自拔的故事。

*敷米漿為作家，以網路小說起家，共連載過五部小說，出版十二本書，獲得暢銷成績。二〇一九年以《洗車人家》入圍台北文學獎年金類。

推薦語

「在這些尋常人物的幽微故事裡驀然望見，原來我們都在黃昏市場裡。」

——施立（台灣知名填詞人，身兼音樂、劇場、電視及電影跨界創作人）

「以孤獨烘托喧囂，
以不愛描寫愛。
《黃昏市場》將人性反差刻劃入骨，
如《海邊的曼徹斯特》般，
令人迴盪不已。」

——王莉雯（專職影劇編劇，曾三度入圍金鐘獎最佳迷你劇集劇本獎）

CONTENTS

地毯上的情人

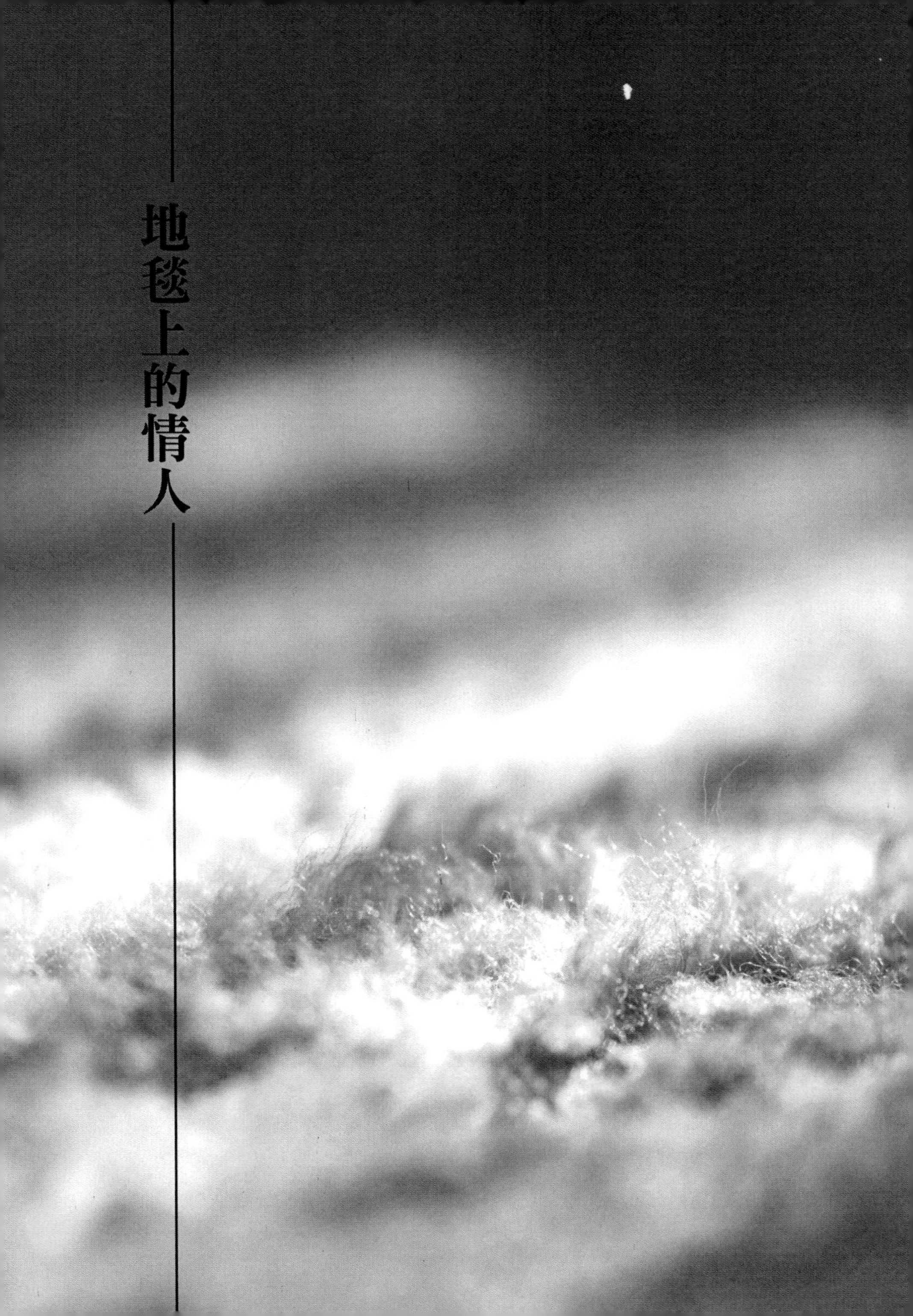

聽見電鈴響起，美華用力深吸口氣——屋內霉味因為外頭的雨更加濃重，連帶空氣芳香劑的氣味聞起來也感覺潮濕。然而除此之外，慶幸聞不出其他特別的味道。

打開門，那名老婦站在門外，細碎的雨珠像透明的雞皮疙瘩，遍布在她扁塌的灰白髮髻和駝色毛衣上。美華意外她沒打傘過來。老婦咧著缺牙的口，說雨不大，還嫌開傘收傘麻煩。

美華留意到老婦的行李中沒有雨傘。

老婦一手拉著菜籃推車，另隻手腋下夾著表皮破損的墨綠色旅行袋。推車裡有張對折、套上防水塑膠袋的硬紙板，其餘的空間則塞滿紅綠黃紫白各種顏色、一包包大小不一的塑膠袋。看著眼前的老婦，美華瞬間後悔了，當初怎麼會答應將房間租給她？這人看起來活脫脫是個遊民。

在老婦之前，也有幾個人來看過房子，當場感覺挺滿意的，等到回去考慮、或許是聽說了「那件事情」後，一個個都敬而遠之。美華儘管無奈，但也理解對方的反應——畢竟不過才兩個月前的新聞。美華心想：如果不是無處可去，自己也不會想搬進來。

沒房租可收，就沒有收入，眼看房間租不出去，再怎麼節儉過活還是不免支出，加上剛搬進來時，還動用了為數不多的積蓄將房子大概整理過……當初打算收租度日的決定，是不是想得太簡單了？那時美華思忖間，突然聽見從附近國小傳來的悠悠鐘響，低頭將分租廣告單上的租金再降去一千塊錢。

美華現住的地方是母親江素瑾留下的一樓公寓，位於松山路旁的巷子內，附近有兩間相距不到五分鐘路程的國民小學，搬進來後，美華漸漸習慣透過規律的鐘聲來辨別時間。

走出屋子來到松山路上，過對面馬路繼續往裡頭走，就能看見在攤販之間魚貫般游動的人群，全都緊緊收攏在一條街上。

那就是永春市場，不只上午開市，特別的是下午到傍晚過後還會有第二波黃昏市場，每天越到尾聲，菜販和熟食攤販們為了減少浪費和損失，往往會推出便宜的組合價格，將剩下的食材食物清出去，這裡吸引很多民眾在下班後或做飯前，習慣繞進市場來撿些便宜，也成為美華搬過來以後，最常去的地方之一。

從老莊那狼狽離開，那時的美華幾乎是絕望的，然而在這裡住了一陣子後，發現附近的生活機能不錯，不但交通方便，吃喝娛樂等地方也距離不遠。美華腦筋一動——反正她一個人住，餘下空間用不著也是浪費。

不過預期卻不如現實，打從招租單貼出，那房間自始至終一直空著，就算降了價還是租不出去。正當美華漸漸心急起來的時候，老婦出現了。

老婦來找美華那天，正好是大年除夕夜，台北只有十度低溫，冷氣團寒流的刺骨冷風夾雜細雨，將原本就冷清的小區吹颳成無人的空巷。

晚上十點多，新春特別節目廣告的空檔，美華將一袋垃圾提到屋外，注意到這路上整排一樓房子，只有自己這間門上沒換上新春聯，而是貼著寫上「雅房出租」的紅紙——距離之前調降租金後都過了兩個多禮拜，那間雅房依舊乏人問津。

美華左右兩旁的鄰居，一戶全家出國玩了，一戶屋裡亮著燈，不時傳出麻將洗牌聲響、夾雜一來一往的笑罵對話。她站在門外，彎腰低頭將垃圾袋口綁牢，側耳聽見屋裡電視機裡歌手正唱著歌，歌聲從半掩的門口傳進美華耳中。附近的巷子裡有人在放鞭炮，壯大的聲響突然霹靂碰碰突襲般地嚇了美華一跳，她瞬間反射性抓著羽絨外套的領口，外套底下只穿了薄薄的長袖睡衣，一陣寒風吹過，令美華直打哆嗦。

這過年都沒有過年的樣子了。美華心裡嘀咕，一轉身準備進屋，看見老婦就站在那裡。老婦當時穿著同一件駝色毛衣，毛衣底下像是塞進所有能穿的衣服膨膨鼓起，但下身的薄料黑色棉質短褲在寒風中卻像面搖曳飛舞的黑旗，飛旗下兩隻旗桿般細瘦的腳踩著印上卡通圖案的粉紅色塑膠拖鞋。

老婦像拖著整條街的陰影，慢慢走到美華面前，她暗黃發皺的皮膚在路燈下分不出究竟是歲月還是汙垢的沉累。事後美華回想時承認，那當下自己是害怕老婦的。

老婦說話含糊不清、反應極慢，像是久沒與人交談似的。美華花了一點時間才弄懂，她是來看房的。

美華當時沒能反應過來，或許真被老婦的模樣給嚇到，頭一點，愣愣地領老婦進屋內。

要出租的房間是以前美華住過的，二十五、六年前了吧，經過高中三年苦讀的美華好不容易考上台北的大學，在找到房子之前的暑假，曾寄住在母親這間房子。

經過這麼多年，除了長年累積存放的飾品和雜物，房子的格局和配置都沒什麼改變。原來有的三間房間，當時一間是母親和程悅的臥室，一間母親放置一台縫紉機當作自己的工作室兼更衣室，另一間作為客房使用的空房間，就是當年北上的她暫時寄住的地方。

如今兩位女主人都不在的主臥房，讓後搬進來的美華霸占，當年那台看過母親使用的縫紉機也不在了，更衣室成了儲放雜物的倉庫。這間客房倒是沒什麼變化，連床頭的方向、衣櫃和書桌的位置都和當年擺得一模一樣，甚至當年因為她的暫時寄住而添購的檯燈也還在——美華確認過，現在已經不能用了。

她住過的房間像被保留完整的場景，不，不只這間房間，整間屋子本身就是台巨大的時光機，一個轉角、一只小物件，都能帶她重返過去時空。

美華轉動記憶中的門把，打開房門，側身讓身後的老婦看清楚房內的樣貌。選擇將這間房間出租，純粹因為不用什麼整理，打掃乾淨就能夠讓租客盡快入住。

老婦拘謹地站在門口朝內打量，並沒有走進房間。美華也不在意，就站在房門口跟老婦介紹起來。

房間有點小，不過該有的都不缺，租金又便宜，屋裡其他地方都能使用，但也要一起維持乾淨。

美華聲音低平地將和之前來看房的人的說詞，更簡短快速地向老婦重複一次，只花不到五分鐘時間，便領著老婦往門口走。美華當下心裡想的是：等會要再將屋子裡的每個角落翻一遍，看能不能找出一些母親以前藏著的金飾。

經過客廳時，身後的老婦突然開口說要租下房間。

啊？

嚇一跳的美華轉過頭，當晚第一次正視老婦。

美華的視線從老婦裸露在短褲底下微微發紫的雙腿，慢慢上移到從毛衣領口下泛黃的白色衛生衣。她懷疑的目光與老婦那認真卻缺少表情的臉對視片刻，考慮該怎麼對老婦說，才不會顯得自己太過勢利。

「要不要到別處比較過再決定呢？」美華停頓了下，「唉，基於誠信，我認為還是應該老實告訴您，這房子出過事情的……」

看見老婦細小的雙眼微微撐開的反應，美華壓低音量，指著沙發附近，以一種談論祕密的語氣繼續講：

「之前屋主一個人孤伶伶在屋裡過世，隔了很長時間才被人發現……吶，就在那張地毯的位置上，不過才兩個月前的事情，鄰居們都嚇壞了，因為這件事，房間才會租不出去……本來我是不想提的，但覺得對您不公平，畢竟這種事很讓人忌諱的嘛。」

美華一邊說一邊打量老婦的反應，暗自希望老婦打消租屋的念頭。

老婦扭過頭盯著地毯看了一會，就在美華以為她應該要放棄的時候。老婦開口問美華：

「被人搶劫還是自殺？」

沒想到老婦會想知道細節，美華愣了愣回答：

「聽說是病死的……她的心臟本來就不好。」

老婦說自己不介意，接著問美華什麼時候可以搬進來？

「不用這麼急，妳可以回去慢慢考慮。」

聽見老婦還是說要租，美華緊張起來，問老婦：「阿姨妳多大了？家人呢？」

老婦說自己過七十了，沒有家人。

沒家人？

美華微微皺眉，視線望向客廳那張地毯。

眼前這位老婆婆應該只是想暫時有個落角處，說不定下個月就交不出房租了。而且，一般房東是不太願意將房間租給年紀太長的房客，萬一有天沒注意時，老婦也在這間屋裡過世，舊事再重演，傳出去以後不就成了一張永遠撕不下的標籤。往後別說出租，連脫手賣掉都難了，她以後還能倚靠什麼過活？

更別說看老婦這模樣，她有錢交房租嗎？

「我這裡希望找長期的房客。」

老婦點頭。

「如果真的決定租房間，就要每個月交租金喔……」

在沉默的片刻，老婦彷彿看出了美華的疑慮，她用行動告訴美華，自己真的有錢租下房間。

老婦當場將手從腰部伸進褲子裡，摸索一陣後抓出一長條布袋。並列的鈔票，目測有些厚度。老婦拿起其中一疊皺巴巴的現金，當場數了起來。

兩疊鈔票多是百元現鈔，一張張像是乾癟緊黏在一起的海苔片，老婦有耐心且仔細地，用手指一張張搓磨、分開、口中喃喃唸著數字——美華留意到那疊鈔票全都頭對頭尾對尾整齊排列好了。

來來回回算了三次後，老婦告訴美華，除了押金，自己還能先付三個月的房租給她。

美華睜大眼看著那疊錢，估計自己短時間遇不到這麼乾脆的租客，財迷心竅的她忘記不安、忘記擔心、忘記自己上一刻對老婦的嫌棄。美華心想，有了這些錢入袋，她就能去帶回在市場上看中的羊毛外套、替自己加點年菜，還能稍微減輕存款短少的經濟壓力，現在哪裡是跟錢過不去的時候？

幾乎把布袋裡的錢都給了美華後，老婦將布袋慢慢收起、摺好，小心地纏回自己的腰腹下，將褲子、上衣、毛衣一層層蓋在上面。離開前告訴美華，自己這兩天會搬進來。

不知道是不是美華錯覺，總覺得交了租金的老婦，整個人看起來瘦了一圈。

客廳裡的美華雙腳套著厚襪子，背靠著沙發，屁股坐在地毯上，對著電視機的歌唱節目嗑瓜子，偶爾不太自在地望向浴室方向。

老婦將自己的東西放進租來的房間後，說自己想洗個澡，一進浴室就待了很長時間。

電視機裡熱熱鬧鬧的說笑聲，傳出到這一方客廳，只有牙齒咬開瓜子殼的脆冷單音，稀落寂寥地附和。

原本盯著螢幕的視線慢慢安靜地垂下，美華默默在心底嘆氣，回想去年這個年節還是和老莊一起過的呢……儘管過得沒比此刻的景況熱鬧。

去年的除夕，白天美華陪老莊去療養院看他的父母。

老莊原本希望接父母親出來團圓，吃頓年夜飯，不過兩老身體狀況都不太樂觀，院方不建議，只好作罷。那天老莊回家後，一個人在房間的小陽台抽了很久的菸。

平常兩人之間，老莊一向是多話的一方，但那晚兩個人的年夜飯，全程老莊吃得心事重重，而美華為了健康著想而做的清淡菜色，更讓他悶悶不樂。期間老莊接到一通電話，語氣開朗地和對方互道新年恭喜發財云云，掛上電話後他瞄了美華一眼，匆匆扒完飯，淡淡地說要開車出去繞繞，抓了鑰匙就出門去。

美華一個人留在老莊的家裡，從密不透風的陽台空隙往下看著他那台略顯破舊的計程車緩緩駛離暗巷。陽台架上那些布滿灰塵、裝滿回收瓶的塑膠袋貼近美華探出的臉，她在那些臭味鑽進自己鼻子之前走回屋內。

美華心裡清楚，老莊嘴上說的「繞繞」，並不是外出開車載客，而是去朋友家打牌。

離開老莊以後，到現在美華仍依稀聞得見三重那間位於四樓、不到三十坪的老舊公寓裡，那股凝滯在屋內、久久不散去的酸臭氣味。

第一次到老莊家裡拜訪時，美華被屋內的景象嚇了一跳。

從一進門，立刻感覺到室內比正值中午的外頭顯得陰暗，空氣中也漂浮著詭異的氣味，美華轉頭看見右手邊陽台的景象，立刻明白了原因——一袋又一袋裝滿寶特空瓶的塑膠袋，發揮了自身的可塑性，以各種彎折的姿態密集填塞在陽台加蓋的鐵窗上頭，阻隔了室外光線穿透進屋的機會。

那是一堵以廢棄回收空瓶所組合而成的牆，阻絕了這間房子接收到任何外來明亮的可能，每只鑲嵌在厚牆之中的寶特瓶因為受到壓迫而扭曲變形，遺失蓋子的瓶口彷彿一張張無聲吶喊求救的嘴。

然而，屋子裡堆積的物品還不只這處。

陽台地面上，一般本應該是放置鞋櫃和擺放鞋子的地方，被無數疊舊書和舊報紙覆蓋至更裡頭的角落。那些回收紙類擺在那裡不知道有多久時間，連美華都能聞得出從裡頭飄出的潮濕霉味。

剛進門的美華下意識掩住口鼻，擔心如果過於吸氣，廢紙上那層厚重的灰塵，都要爭先恐後鑽進自己鼻孔裡。

那時美華看著右手邊打開的紗門，對於即將踏進的屋內感到猶豫，下秒初次見面的老莊母親從門後笑嘻嘻探出頭，一手抓著兒子老莊、一手牽著美華，親切地將兩人帶進客廳。

屋內景況並沒有美華想像中擁擠，沒有四處堆放的廢棄物，因為居住年代長久，而累積下來的許多雜物，亂中有序地安置在各個角落。這間公寓裡頭接近一個普通而樸素的家庭，只是陽光無法照進來的緣故，所有的一切看起來都是暗暗舊舊的……美華看見廚房外那張貼著牆壁、寬廣的餐桌上，桌上排著一列被拆解過的電器，有電風扇、檯燈、烤箱、小型電視機，周圍分散放有各種維修工具，看起來像個工作台。

當時老莊母親攏了攏過耳的白髮，削瘦的臉龐讓她的大眼睛更顯得驚惶不安。她笑著解釋：電風扇壞了，泰雄他爸昨天修到很晚才睡，等下吃飯時再叫他。泰雄是指老莊。

一台電風扇便宜點不過幾百塊錢，何必大費周章修理？再買台新的不就好了？美華心想，她轉頭看了老莊一眼，發覺平常多話的男人，在自己母親面前卻反常地安靜。

當時外頭正值炎熱的夏天午後，他們三人坐在不透光也沒開燈的客廳老舊破損的藤椅上。擔心喜歡的裙子會被椅面從內岔出的藤條給勾破，美華隨時小心翼翼留意自己的坐姿，既不安穩也不舒服。

三人在的現場時常陷入停頓與沉默，大多時候都由老莊母親一個人自問自答。見到老莊帶美華過來很高興，每當話題中斷，老莊母親就立刻努力地用她那虛弱軟爛的平調語氣再從記憶裡挖出點什麼……不到一個小時，美華已經對老莊的家庭背景、成長經歷，甚至是感情狀況全都非常了解了。

老莊父親年輕時，家人看他書讀不好，希望他學一技之長，於是送他去水電師傅那當學徒。不料他怕電，一門手藝只學了一半，只好回自家雜貨店，幫忙顧店、跑腿和打雜。

娶了老莊母親後不到一年，老莊出生，他在親戚的介紹下，進了食品工廠裡做包裝作業員。老莊還是小莊的那幾年，家裡常有很多包裝不良的餅乾、麵食、饅頭和罐頭等等，那些外觀有瑕疵，東西實際上卻完好的食品。每個月有一兩天，父親會從工廠裡提一大袋回家。對於不時能夠從父親工作的地方占到一點便宜，老莊一家人就像是意外拿到禮物似地開心。後來那間工廠在小莊讀高中時遷到大陸，台灣這邊裁了一大堆員工，老莊父親丟了工作，只好又重新撿回水電的老本行，也不再說自己怕電。

老莊母親，當過幫傭、在自助餐店打過工，全是勞力活，年輕時還沒什麼感覺，過了五十歲以後，所有的病痛浮現，身體逐漸吃不消了。

於是兩老在五十五歲那年決定退休，計畫之後靠著勞保退休金、儲蓄險等一些積蓄，過著省吃儉用的日子。住的公寓是老莊爺爺留下的房產，所以基本上不用顧慮房租問題，只要管理好生活的開銷就好。

老莊是莊家的獨子，他從小就不愛念書，玩心重，對工作也沒什麼企圖心，更沒想幹出一番事業，當然，家裡也沒什麼本錢支持他就是了。

老莊一直是賺多少花多少的個性，對錢財沒什麼觀念，每個月給兩老一些孝親費，也沒想過該存些錢為以後打算。美華剛認識老莊時，就老實告訴老莊，他的金錢觀念讓人覺得非常不可靠。

因為深知自己兒子的個性，提早退休的老莊父母親，沒把未來押在兒子身上，所以看著自己的積蓄逐年遞減，他們的焦慮也反映在生活上了，對於生活所需的條件和開銷，全部縮減在最低的限度。

除了極度節省，兩老也各自發展了自己的生存之道。除了負責維修家裡壞掉的電器用品，如果還有附近鄰居願意上門委託，老莊父親還是願意提著工具箱上門幫忙解決水電問題。雖然他收費不高，也隨時有空，但他當年學藝不成，基本上不是專家，事後鄰居發現他做事不仔細，常常才修理完，過沒多久就又出問題，常有差評的結果是漸漸再沒人找他幫忙。

同時，老莊母親那裡則開始了回收的事業。

老莊母親認為做資源回收，只要花時間累積，不需要本錢，而且常出外走動更好過整天待在家裡，根本是穩賺不賠的買賣。不過老莊母親的精明卻用在了奇怪的地方。資源回收的收購價偶有浮動，老莊母親為了等待最好的價格，把撿來的回收紙類和塑膠瓶，一起堆放在家樓下。過了一陣子鄰居開始抗議，加上不時會有同樣做回收的人來偷，老莊母親便將所有東西搬回家裡放。

老莊曾經受不了家裡堆滿沒用的垃圾，那股臭味令他嚴重抗議過，好幾個月不願回家，最後老莊母親讓步，將所有撿來的回收物全部放到前後陽台，就算擺得再密堆得再高，也絕不越線進到家裡。看陽台上那幾十包塑膠瓶扭曲彎折、互相緊密擠壓的樣子就知道，老莊母親說到做到。面對母親這種奇怪的妥協方式，老莊只能勉強接受。

老莊母親彷彿沒感覺到美華的侷促，從頭到尾都親暱地抓著美華的手，笑瞇一雙老花的眼，直說那樣子的老莊居然還能帶個這麼漂亮優雅的小姐回家來，真是想不到。

自己家裡的事情都講完了，老莊母親開始問起美華。美華的父母做什麼的？家裡有幾個人？認識老莊之前美華都在做些什麼？……一聽到美華離過婚，老莊母親原本握住的手鬆開，靜靜地收了回去。美華瞄了坐在旁邊的老莊一眼，以為這件事情他應該會先和家裡提過。

沒多久老莊父親起床，老莊母親表示難得來客人，要炒一桌菜，美華推說後面有事無法留下，老莊母親也就不勉強了。

那次從老莊家離開，美華以為跟老莊應該就不了了之，畢竟他就算條件普通，也是父母唯一的兒子，交了個離過婚又不孕的女人，不被認可也不意外。

但是後來老莊態度不變，堅持要和美華在一起，反而令美華感動，認為老莊這點比前夫強。

二十五歲那年，美華在父親朋友的介紹下，認識了前夫，一年後兩人順利結婚。

一開始會答應和前夫認識，是為了修復和父親的關係。幾年前美華從大學休學，沒和家裡商量，父親知道後非常生氣，好幾年兩人關係都處於冰凍的狀態。

個性固執的父親，有天突然聯繫美華，關心她的感情和交友狀況，後來直接告訴美華，有個朋友的兒子人不錯，希望美華可以和對方見一面。

美華知道這是父親向自己伸出的橄欖枝，所以儘管沒打算透過相親來認識結婚對象，當時身邊也還有其他追求者，美華還是答應跟對方吃頓飯。與其說是好奇父親會介紹的男人是個怎樣的人？更貼切的原因其實是，藉由表達對父親提議的順從，重新拉近和父親的關係。

甚至和前夫剛認識時，也沒對他有留下深刻的好印象。前夫是個平凡的好人，相貌普通、個性並不鮮明，相處起來不會讓人小心翼翼、感到緊張。總而言之，不是很快就能打進人心的類型。第一見面結束後，美華還對父親看人的眼光感到失望，甚至還向朋友抱怨，父親為什麼要介紹對方給自己認識？

不過那些想法，隨著兩人認識越久，自然而然地改觀了。

前夫是保險業主管，在外頭以溫和靦腆的形象獲得好評，私下其實是個溫柔敏感的人。更重要的是跟個性古板、無法講道理的父親相比，脾氣好、也願意聆聽美華意見的前夫，相處起來讓人覺得輕鬆許多。

美華曾懷疑過前夫這樣的性格，怎能夠在保險業這種常常需要和大量形形色色人們接觸的行業裡存活下來。

後來美華發現，前夫就像水一樣，能在不同人面前，採取不同的對應與包容的姿態，也像水一般，具有滴水穿石的堅毅決心。對前夫越是了解，美華越是覺得對方是個了不起的人。

前夫出生單親家庭，從小和母親一起生活，母子感情好。前夫的母親也不是有控制欲的強勢婆婆類型。母子倆都個性溫和，也非常有家庭觀念。和前夫一起生活的七年裡，是美華人生中感到最安穩的時刻。

到現在，美華偶爾還是會有那樣的念頭：如果當初沒有那個問題就好了。

如果她可以如他們所願，懷孕生下孩子，那種平穩的生活應該可以理所當然地延續下去。

當時丈夫和婆婆的要求並非不合理——想要有自己血緣的孩子。一開始全家人都認為順其自然就好，不過隨著日子過去，美華也超過三十歲了，丈夫和婆婆開始著急起來。她跟前夫去醫院做了檢查，得到像是宣告審判一樣的壞消息——美華在認識前夫之前，曾經做過人工流產手術，造成子宮不易受孕。

最後，在感受到丈夫跟婆婆的介意和失望下，美華主動提出離婚。

而原本漸漸破冰的父親，直到他過世前都無法諒解美華，父女間的關係相當冷淡。那段婚姻結束，對美華而言，最難過的是失去了丈夫跟婆婆兩位家人。儘管那樣，她仍沒想過自己往後會是孤身一人。

結婚前美華身邊不乏追求者，她離婚那年三十三歲，外型仍然姣好，身價雖然不如以往，也還有些見面吃飯的對象。就在那渾渾噩噩的兩年生活間，她在租屋處的公寓大樓認識了當時擔任保全的老莊。

老實說，一開始美華是有些看輕老莊的。他大自己八歲，中等身材，方形臉上一對會發亮的桃花眼，能給人留下好印象的無害笑容。但那張皮相也就是老莊這個人最大的優點了。再認識下去，漸漸就會發現，老莊這人沒什麼專長，沒錢也沒野心，不過口才幽默，會說笑話討女人歡心，出去的時候哪裡好玩哪裡好吃通通知道，給人一種安於小確幸的平凡樂趣，在一起時不會感覺到無聊。

有段期間，美華沒將老莊放在心上，然而隨著時間過去，漸漸美華身邊就只剩下老莊還繼續纏著自己。不過直到去過老莊家，見過他的父母以後，美華才開始對老莊改觀，對兩人的感情認真看待。

在一起這麼多年，美華不是沒有感覺到老莊的變化，從前總是體貼殷勤、活潑多話的老莊，越來越像他父親一樣沉默而被動。美華心想：兩人在一起這麼多年，這段感情關係等同於老夫老妻了，變得平淡，也理所當然。

但就在那個將美華獨自留在家裡的除夕夜之後半年，老莊更不一樣了。常常沒有交代就出門好長時間，開始嫌美華煮的菜色一成不變、沒什麼滋味，搬到老莊家裡住以後，屋子整天亂，也不整理。漸漸地，好幾天不回家過夜了。只要美華問起原因，就不耐煩地要美華別管東管西……要不然就是時不時渾身散發一股讓人無法接近的低氣壓，讓美華擔心一靠近又會不小心引爆怒火。

到這時，美華還是沒有半點懷疑，認為老莊應該是工作不順利，因為中年危機而脾氣暴躁，身為另一半只好多忍耐，等他脾氣過去後再關心。

於是當老莊後來告訴美華，有兩個人將會搬進來的時候，美華簡直不敢相信老莊變心的事實。

那個女人叫做小莉，還不到三十歲，獨自帶著一個五歲大的兒子漢漢，經營小小的檳榔攤。小莉身材豐腴，有張看起來很熱情的笑臉，動作俐落又靈活，搬進來第一個禮拜，小莉就將陽台上那堆塑膠瓶和幾疊廢紙通通清出屋外。

美華站在打掃得一塵不染的客廳，屋外的陽光久違地從陽台的鐵柵欄照射進來，長年的酸腐臭味被地板清潔劑的淡淡香氣所取代。那一刻美華終於才有了自己將要被拋棄的真實感。

在小莉和漢漢身上，美華曾經認識的那個殷勤且幽默風趣的老莊又回來了，不僅如此，他還開始染起頭髮，注重健康。前陣子還嫌美華煮的菜味道清淡的他，這會兒開始跟著小莉吃素，臉上堆著笑容說他從沒想過素食也能煮得那樣好吃。

那彷彿一家三口同桌吃飯，同進同出，自然快樂的模樣，讓美華無地自容。

美華也對抗過，大吵、哭鬧、尋死、試圖用動之以情的悲情牌……但她實在太不擅長這種場面，再怎麼撒潑，最後總會揣著一絲害怕別人不在意的畏懼，讓她的虛張聲勢很快被人給看穿。

畢竟她在感情裡頭一向是受禮遇的一方居多，加上自己潛意識一直低估了老莊。認為和條件普通的老莊在一起，只要自己沒變心，他憑什麼移情別戀？畢竟當初認識時，以她的條件，要不是貪圖老莊給自己的安全感，他哪有機會跟她走在一起？但在自己逐漸鬆懈，手頭上的存款都因為投資老莊的生意而賠光之後，這男人卻反而翻臉不認人……

現在的老莊什麼都不做，他就是靜靜等，等著美華有天終於受不了後離開。他深知美華的自尊心，她無法忍受那種屈辱。而且一旦開口向美華解釋或道歉，就真承認是自己不對了。

他和小莉早有準備，隨時同一陣線地護著漢漢，然後無論美華做了什麼或說了什麼，都像是打在一堵沒有溫度和反應的牆，彈回美華自己面上。

那根壓垮美華的最後一根稻草，是在老莊母親生日那天，美華特地煮了幾道菜、買了蛋糕，大包小包、滿頭大汗提到桃園郊區的療養院趕去拜訪老莊父母，一去現場才聽說已經被接走了。

負責管理的櫃台小姐笑著說：

「剛才兒子跟媳婦接走了。兩位老人家聽說最近可能會搬回家住，看起來很高興……需不需要幫妳留話？」

美華回到老莊家裡，一個人坐在安靜的屋內，陽光從被清空的陽台照射進來，美華面光的右臉被烘得熱辣，像挨了巴掌。越到下午，陽光逐漸轉涼，不久後慢慢變暗，一開始不需要開燈的室內變得昏暗而陰沉，將室內的美華一寸寸淹沒，最後只剩黑暗。

在幽冷間，美華想起一小段回憶。

她和老莊剛在一起的頭一年，那時老莊每個禮拜都計畫好行程，開車載美華四處玩，兜兜風、看看海，吃吃當地美食。當時老莊開著一部超過十年的黑色德國車，聽說是二手的，但老莊非常寶貝地保養它。

那一天老莊照舊開車載美華出門。

車子開到路口，遇到紅燈而停下。老莊在空檔時對美華講著大樓住戶的有趣八卦，坐在副駕駛座的美華不經意朝車外一望，倏然一驚——

馬路邊的行人磚上，有一個穿寬鬆連身裙的女人，年紀大約四十歲，披頭散髮、面色浮腫而枯黃。那個女人站在人流往來的燈誌旁，發紅的雙眼怨憤地看著車子裡的老莊。

美華隱約知道那是什麼，她轉頭望老莊一眼。而從一旁原本正在說笑的老莊突然停頓一拍——美華知道老莊也看見那個女人了。

綠燈之後，老莊開著車載著美華，將那個女人拋在後頭。

後來美華問那個女人是誰，老莊解釋：對方是以前的女朋友，早就分手了。最近知道他交了漂亮的新女友過得很幸福，大概是覺得不平衡，老是有些奇怪的行為。

美華還記得當時老莊笑笑地說，要美華「不用理那個瘋女人」。

這麼多年之後再次想起這段插曲，美華知道對方是誰了。

現在換美華，變成了老莊口中，要小莉跟漢漢不要理的「那個瘋女人」。

從桃園療養院回來沒幾天，美華接到警局打來的電話，聽說了「那個消息」，成為她當下唯一的出口。離開前，她向老莊要回之前投資生意損失的錢，老莊丟了幾萬塊錢給美華，惡狠狠地警告她別再回去。

就這樣，美華再次失去一個以為能夠一起過下去的家人，搬回二十五年前，自己短暫寄住過的，母親的房子裡。

過了半小時，老婦從滿室蒸氣的浴室門後走出來，身上那身粉紅色長袖睡衣裙，和她的年齡、身材外型完全不搭，一看就知道是撿別人不要的衣服。

美華瞄了眼老婦那雙皮膚乾裂的腿，對她說床單已經鋪好，棉被也放在床上。問過老婦還沒吃飯，美華趁著老婦進房間將頭髮吹乾的空檔，將冰箱裡的飯菜又重新熱過。多虧老婦，這年還能買幾道菜好稍微做做樣子。儘管跟陌生人同住有些彆扭，不過美華想想，這也總算有人能一起過年。

老婦從房間出來，看見桌上的熱好的飯菜，一旁的美華要老婦趁熱吃，老婦默默在桌邊坐下。

美華注意到老婦的生活應該不好過，沒能按時吃飯，不過她吃飯的舉止倒是很秀氣，甚至還挺安靜，沒發出粗魯的進食聲。等老婦吃完飯，美華指著客廳沙發上的幾件保暖的棉長褲棉上衣，說那些是母親留下的，送給老婦穿。

老婦從美華手上接過那疊衣物，眼睛盯著美華腳下的地毯，慢慢、小心地坐下，低聲問：「就是這塊地毯……？」

美華搖搖頭。

「不是，之前那張地毯早就丟了，那味道實在夠嗆，我剛搬進來頭一個月還不時聞得到……」

電視機裡的主持人說了段笑話，美華哈哈笑了一陣，眼神往下瞥。

「這裡……她倒在這個位置。」

老婦看著美華坐的地方，露出吃驚的表情。

「一開始我也覺得怕怕的，但時間一久漸漸習慣了。」

「她在這躺了多久？」

「一個多月，鄰居聞到臭味，一開始以為是附近有動物死掉，後來有人覺得不對勁，才去報警。」

美華一邊撫摸地毯，輕聲說。

「現在這塊地毯，是我第一次進到這個家的時候，地上鋪的那塊。」

老婦也伸出滿是皺紋的手，感受到手掌傳來的柔軟觸感。

「二十幾年前的事情了……當時我還是個剛考上台北的大學的小女生而已。會在家裡客廳鋪地毯這種事，那時候我只在連續劇裡看過，所以對這塊地毯印象特別深。」

說話的同時，奶油色與白瓷般光潔細長的兩雙細長的小腿至腳丫，在這塊地毯上互相戲玩的畫面，自然地在美華腦中浮現。

美華露出懷念的表情。

「這塊地毯……真美。」老婦說。

美華贊同地點頭。

「在倉庫找到的，沒想到還留著，而且保養得挺好的。」

是保養得很好，不過美華見證過這塊地毯最美的樣子。

地毯是棉麻材質的手工編織地毯，暖暖的金黃色，就像夏天午後的陽光，整片寧靜地躺在屋內的地板上。以金黃為底色，還以白色和淺灰色棉線在上面織出一條條纖細的粼粼波紋，十八歲時的美華第一次看見這張地毯時，彷彿見到陽光在整間屋內的緩緩流動。

後來當她有機會躺在上面，還幻想過自己正在一顆通黃澄亮、彷彿圓形游泳池的巨大蛋黃裡頭恣意游泳。

那個夏天啊……

如今，過去那鮮豔耀眼的金黃色，隨著時間慢慢褪成了溫柔的鵝黃，記憶中讓自己產生立體幻想的條條水紋，變成像被一層薄薄的灰給壓扁、交錯的傷痕。但這塊地毯總體來說還是美的，在飛逝的時光裡，被細細地照料、老去。

可惜的是，兩個女主人卻都不在了。

「這房子，布置得真好。」老婦看著周圍架上那些精緻的擺飾說。

「我母親花了很多心思在這間房子上。」

美華轉頭看四周，牆上掛的畫作、各處各種可愛精緻的擺飾品、玻璃櫥櫃中看起來價格不菲的洋酒、高腳杯和瓷盤——美華很意外地發現在母親不在的那麼長時間以後，這些東西還能保持得這樣完好。

當年走進這個家中，美華馬上意識到，這間房子是母親的另一面，她所不認識的母親，或者其實更接近真實的母親。

母親以她從未見過的慧眼手巧，布置屋內的每個細節。但在母親與父親、美華同住的十年間，母親從未幫擔任公務員的父親燙過一件襯衫、老是忘記幫陽台的萬年青澆水，角落總是堆著整大盆待洗衣物——父親曾因為自己和美華沒有乾淨衣服穿，發了好幾頓脾氣。

但在這個家裡沒有忽略、沒有遺忘。這個家是一棵聖誕樹，母親的手樂意在上面掛滿所有的期待、祝福，與精心的照顧。

美華清楚，這裡是有人愛的房子，而她來自的那一間是沒人疼的房子。

在童年記憶裡，母親是個安靜溫柔的女人，幾乎沒有母親向父親辯駁或爭吵的印象。和母親美麗的外表相比，母親的個性溫馴服貼得像是家裡牆上陳年壁紙，讓人注意不到的存在。

那樣的母親，在美華十歲那年毫無預警地離家，根據當時身邊大人們的說法，母親單方面中止身為妻子與母親的身分，決定要去「追求自己的人生」。三年後與父親正式離婚。從此只要提到有關母親的事，她那嚴肅端正、從不口出惡言的父親就會以「那個不正常的女人」來稱呼母親。美華了解這是性格保守的父親所能說出最嚴厲的指責。

「連最後也在這麼漂亮的家過世啊。」老婦也伸手撫摸地毯，語氣羨慕地說。

聽見老婦的話，美華立刻回應：

「那個死掉的女人，不是我的母親。」

老婦聽見，一臉茫然：

「那死在屋裡的女人是誰？」

彷彿在等了很久以後，終於有人願意問起，美華以平穩的語氣回答：

「地毯上的女人叫程悅，是母親的女朋友。」

到了初六，終於迎來開市的日子，傍晚五點多，美華提著菜籃出門，才走到路口，市場那頭親切又熟悉的叫賣聲，沸沸揚揚傳進美華耳朵。

或許因為年節休了五日，攤販們在過年期間都吃飽喝足了，總覺得這天市場裡的吆喝比年前更響亮有活力。而經過這幾天，家裡頭的冰箱已經被自己跟老婦兩人差不多吃空了，美華抱著挖寶閒逛的心情，走向市場。

台北過年期間通常是陰冷的，許多攤販撐起方方圓圓的遮陽遮雨傘棚，從兩側的樓房上方往下瞧，狹長的一條路，像鋪了一塊塊紅黃藍綠等塑膠補丁。棚下懸掛一顆顆亮黃燈炮或盞盞燈管，讓下方的蔬菜熟食乾貨像被打了聚光燈似的，又將整條市場照得別有洞天。

在這洞天之間，下午五點半到七點，是黃昏市場最熱鬧的時段，平時剛下班的上班族、準備回家的民眾、附近居民……來自這個城市四面八方的人，都一個挨著一個，彷彿排著長長隊伍般地緩緩前進，眼睛同時精明地搜尋今日的採買目標。

開市第一天，無論是攤販或是逛市場的人，都是蓄勢待發的模樣。這段充滿「人氣」的幾百公尺道路，溫度就是比外圍的馬路高上一些。

市場裡，攤販與攤販間那種毫無章法的擺設順序，總讓美華覺得有趣。擺滿各式蔬菜的菜攤、大型木桶冒著熱騰騰蒸氣的油飯攤子、有機蔬菜攤位和賣服飾的中間，只隔了一層薄薄的塑膠布、一張精心布置的小方桌上擺著看起來和周遭格格不入的高雅飾品和包包，緊黏在旁邊的卻是個生肉攤位……因為在市場裡的關係，這些各種不同類型的攤位就像接龍一樣，一個接著一個理所當然地延續下去。

而在這條單向的單線道路上，除了擺滿各式攤位的左右路旁，連中間的道路也充分利用，同樣做了攤販的串連，彷彿一長條亂中有序的分隔島般，將逛市場的民眾大致分成出和入的兩種方向。

附近大約十分鐘路程，有間連鎖量販店大賣場，美華比較過，兩者在蔬菜跟肉類上價格的差異不大，甚至有些品項賣場裡折扣更低。不過如果打算採買食材，美華的首選還是這條永春市場。傳統市場有自己獨特的魅力，要美華來說的話，就是日日充滿變化的驚喜吧。

市場分成早市和下午的黃昏市場。除了一些固定攤販，許多賣熟食、麵包甜食或生活用品等的攤販，會隨著上午、下午而不同，每天攤販間的組合都有些變化。

在市場裡，民眾跟攤販的直接接觸，混雜的氣味、躁動的氛圍。每日才能確定的價格，用簽字筆寫在硬紙箱紙板的背面，攤販會盤算自己能吸收的成本，將蔬果魚肉集中成堆便宜賣出，吸引買氣。

美華對於這種銷售手法非常心動，不過之前她只有一個人住，買多了煮一堆根本吃不完。因此比起新鮮食材，美華來黃昏市場通常買熟食居多。

一開始美華也不曉得哪家好吃，她就遵循人氣，哪裡擠滿人有人排隊，美華就往哪去，漸漸也能挖到寶，有了習慣光顧的名單，像是她會去路旁的平價麵包攤，買剛出爐的菠蘿麵包或奶油麵包，這種攤子賣的麵包吃起來，總令美華想起小時候高雄家附近那台沿街叫賣的麵包車賣的麵包味道，讓她彷彿吃到童年的滋味。

還有現在台北不常見的蚵嗲、炸蕃薯餅和芋頭餅等古早味小吃；天氣冷就買一碗從冒著熱氣的鍋裡現撈的臭豆腐鴨血。

想打打牙祭，吃些油膩炸物，美華會買兩個叫做「炸雙胞胎」的台式甜點，或是從忠孝東路方向的市場頭算過來，第三個路口有家老字號的平價炸雞翅攤，四點過後攤前擠滿人潮，往往不到六點半就全部賣光。

一條市場，就可以解決美華各種飲食需求。

永春市場除了為美華的生活帶來小確幸，還有另一個特別的意義——這裡有她和母親的回憶。

母親是個喜好美食且擁有好廚藝的人，這點成為美華在多年後來到台北暫住母親家中，母親唯一沒有改變的一點。美華覺得慶幸，否則自己該怎麼看待她從前與自己、父親三人一起生活的那段時光？

美華甚至認為，母親就是因為喜歡下廚，才會在市場附近買下那間房子。

「品質好的肉攤，一早就要去搶。如果等到下午才來，妳想買還買不到。」

「真要買好的青菜和水果，也要在早市來買，黃昏市場是攤販們清存貨、給人撿便宜的時段。」

她記得走在前面一步距離、相當重視食材好壞的母親，對自己這樣說過。

當時母親穿著雪紡材質的白色上衣和黑色長褲，腳上異國風的棕色綁帶厚底涼鞋，讓身材嬌小的她顯得比例極好。身姿飄逸的母親臉上掛著享受的微笑，美華以為她正行走在碧海藍天的沙灘上，而不是嘈雜的菜市場裡。

母親在攤販間熟悉地移動，而美華靜靜看著母親的一切——母親挑選豬肉攤上的肥瘦適中的豬肋條，一邊和老闆聊天時，微笑的眼尾有了魚尾紋；她將五爪蘋果一顆顆放進紅白塑膠袋裡的手，開始有了粗糙的細紋；當輕拍西瓜的肚皮，做出側耳細聽該顆西瓜是否汁多肉甜的動作時，她的脖子浮現淺淺的皺褶……美華像是要補足過去沒能一起相處的時光，眼睛認真捕捉母親身上的變化。

小時候美華就喜歡母親更甚於父親，理由很簡單，因為父親總是不苟言笑，坐在同一個場合裡，就算相隔的距離，也能感受到他身上傳來的沉重與壓力。而母親身上總會散發出舒服好聞的香氣，長髮柔軟地披在肩上，儘管多數時安靜少言，但在看著美華的時候，會不時露出微笑。僅是表面的不同，就會讓人有完全不一樣的感覺。從小生長在那樣的環境，也使得美華對於察覺空氣中人的情緒轉變，非常敏感。

相對於寡言卻充滿氣壓的父親，和一直戴著平靜面具的母親相處起來輕鬆多了。有很長時間，美華一直單方面認為，母親離開父親，是因為無法忍受父親的性格。但當年紀漸長，從親戚長輩聽出原因後，想到保守的父親遭遇了那些事情，不禁感到幾分同情。

提著一包買來當作早餐和點心的手工饅頭、和當作晚餐的現煮菜餚，美華慢慢走到市場的前頭。此時天色已經完全暗下，憑著攤販架設的燈光，美華找到坐在路旁的老婦。

過年期間，美華好奇問起老婦那台推車裡都裝了什麼東西，才知道老婦其實是有工作的。老婦在市場有固定的攤位，位置就在永春捷運出口方向的市場頭附近。說起來，搬來這裡後，美華經常到市場走動，照理說也經過老婦面前好幾次了，但那次看房時，美華完全沒認出來。

老婦說，平日下午四點和週末的整天，她租下黃昏市場下午的攤位，不過常常中午過後就來擺攤。

「自己一個人在住的地方，也不知道要做什麼，還不如來市場裡待著，看看熱鬧也好。」老婦說。

老婦總是拉著推車和板凳到市場，打開推車裡那張硬紙板，在紙板上鋪塊紅色底布，接著將裝在塑膠袋裡頭的物品倒出來，一一排列在紅布上面。

老婦賣什麼？

老婦說自己什麼都賣。

貝殼串成的耳環、玉石手工手鍊項鍊、加上木雕動物的改造鑰匙圈、將廢棄牛仔褲改成手拿的皮包、用串珠串成的隔熱墊、將美麗的貝殼黏在杯子上當作把手、在杯墊周圍鑲上蕾絲花邊……

老婦將一些別人不要的飾品、裝飾物做一番改造，然後重新賣出。說穿了像是一件件的垃圾改造，但老婦看待那些東西就像是母親看待自己親生孩子一般地寶貝。

老婦那台尋常的菜籃推車，不同顏色的塑膠袋裡頭，裝有各種工具、材料和成品。紅色塑膠袋裡裝著針線、白色塑膠袋裡是做好的成品、紫色塑膠袋裡是布料、黃色塑膠袋裝著珠玉水晶……諸如此類。老婦對於每包塑膠袋裡頭裝著什麼東西一清二楚，從來不會搞錯。她說用塑膠袋來裝最好，一來防水，二來因為外表別人看著廉價也就不會動心思想偷。

美華心想，這些廢棄物般互相拼湊起來的東西是沒有人會偷的，不過她沒有這樣告訴老婦。相反地，看著對眼前老婦——長時間坐在桌上，在燈下瞇起混濁的小眼睛，忙著手上的活，除了老婦自己，誰也不曉得這塊鈕扣那條皮帶，能變出什麼意想不到的花樣和組合——老婦是個藝術家，美華想，內心油然升起幾分刮目相看。

走到老婦面前時，老婦正利用旁邊攤販架好的燈光，低頭專注編織手上的半截圍巾，沒注意到美華的存在。

寒冷的冬天在市場擺攤，是件辛苦的事。老婦將前幾天美華送的棉長褲穿了出來，下半邊臉帶著口罩，黑色防風外套的連帽罩在頭上。在原本就已經越來越昏暗天色下，全副抗寒武裝的老婦黑壓壓縮起身，和地上那些凌亂散布的手藝品，幾乎都要淪為背景般不起眼。如果不是美華刻意來找，很可能就這麼直接路過回家了。

看見美華來找自己，老婦又驚又喜，她停下手上的動作，臉上的口罩移到下巴，咧開缺牙的口對美華笑。

「來啦。」

「今天真冷。」

美華自然地在攤前蹲下來，幫忙將老婦紙板上的手藝品一一撿好擺整齊。

美華的動作看起來像正在挑選的客人，在整理期間，有些人注意到老婦的攤子，自然地靠過來瞧瞧，發現老婦攤子上的手工品別緻又不貴，沒多久就賣出了兩副耳環。

無意間幫助了老婦，美華很高興，內心同時升起對老婦的尊敬，覺得她比自己強，儘管收入不多，老婦算是靠著自己的手藝勉強存活下來。那美華自己呢？

意識到目前的生活毫無重心，美華不禁擔憂……以後的她，能做些什麼？光靠老婦那幾千塊房租，勉強救得了近火，但是撐不了長遠的。

四十多歲，沒有一技之長的她，就算去便利商店或速食店打工，也會被嫌棄笨手笨腳。回想自己過去那些毫無助益的經驗，美華不禁感到沮喪。

大學二年級那年，和當時的男朋友分手後，美華選擇休學。

大學肄業的她，後來在父親朋友的介紹下，到一間貿易公司當總機小姐。年輕時的美華長相姣好，家境不錯，在擔任總機小姐那幾年，身邊一直不乏追求者。美華一向樂於享受身為一名美女的好處，她喜歡被討好、被照顧，也懂得拿捏距離。

結婚後進入前夫的家庭，就以一名家庭主婦的身分過著安穩的日子。

離婚後不久，父親過世，贍養費和小筆遺產讓她手頭有些積蓄。沒有專長也沒什麼工作經驗的她，開過咖啡店、平價飾品店、投資老莊朋友的餐廳……在那些勉強被稱作是「創業」的嘗試中，錢一路慢慢地賠到所剩無幾。

父母離婚後，美華失去原有的家，之後父親再婚，她又無法融入父親的新家庭。美華沒什麼事業心，從小只渴望能有所歸屬，但她要的歸屬卻無法在戀愛中找到、無法在前夫的那段婚姻裡找到、也從老莊那裡失去了。

總之，美華在別人手下工作的時間非常少，工作經驗不多，加上現在已是中年的年紀，她不知道自己還能找什麼樣的工作。

老婦從市場回到家以後，常常喜歡坐在地毯上安靜做自己的手工藝品。美華問老婦，為什麼不想在自己房間裡弄？老婦說，其實那小房間，和以前自己住的地方很像，只適合拿來睡覺，現在搬到有客廳的房子，她待在外面還可以看看電視。

這讓美華忍不住好奇問，老婦搬來之前住的是怎樣的地方？

老婦告訴過美華，自己之前住在市場附近一間不到三坪大的倉庫，她靠每月領的老人補助付房租，擺攤的收入則當生活費。

那間倉庫沒窗戶，有電沒水，只能夠睡覺，無法梳洗，雖然不太方便，但租金相當便宜，老婦在那住了好幾年。沒想到年初房東想將小倉庫租給新來的菜販，向老婦提出漲價，老婦無法負擔，只能另找住處。

搬出倉庫後，老婦在附近流浪過一陣子，一邊找合適的租屋，不是租金太貴負擔不起，就是不願意租給年紀大的老人家。那陣子要在街上找地方睡，老婦怕遇到危險，刻意把自己弄得更邋遢，常常整個晚上不敢熟睡，白天才在市場擺攤的時候才打盹。幸好有天在街上找地方休息時，看見美華的招租紅紙，之後終於解決落腳的問題。

聽完以後，美華內心對老婦有些同情，她知道一個女人想要獨自生存下來是困難的。

由於老婦喜歡客廳地上那張地毯，也常常坐在上面埋頭做自己的手工活，漸漸桌上地上都占滿了一團團彩色塑膠袋。

沒什麼共通話題的兩人，每當同時賴在地毯上，老婦就會問起地毯上那女人的故事。美華感覺那點故事除了老婦，這輩子沒有機會再對誰說了，於是她也使勁拿著把大勺子往心底舀，把過去回憶翻了出來。

地毯上的女人叫做程悅，以母親江素瑾的愛人的身分，兩人長年同居在這棟房子。程悅是室內設計師，但獨立接案案源不穩，早年家裡經濟來源大多依賴在桃園開服飾店的母親。

母親年老後患有嚴重失智，程悅一直在她身邊悉心照顧。直到五年前的冬天，那天下雨，不方便帶著母親的程悅獨自外出買菜，不過離開家一個小時不到，回來後卻發現母親不見了。警察研判失智的母親不知怎地，自己打開門鎖，從家裡走了出去。母親離開的時候甚至連鞋都沒穿。

那段時間程悅四處尋找母親，用盡她想得到的方式，聯繫上幾乎和母親沒來往的美華、有段期間甚至著迷通靈，結果直到過世前還是沒有找到母親的下落。

不過比起充滿遺憾與失落的結局，美華更喜歡與老婦聊聊她在十八歲那年暑假所認識的程悅和母親的故事。

第一次來到這間屋子的那天下午，母親先從松山火車站接回美華。雖然說早先就確認好美華的火車班次和抵達時間，不過火車臨時誤點，美華比預計的晚到二十多分鐘，和另一輛幾乎同時抵達車站的列車乘客，蜂擁般地擠向出口。

電話裡母親只說會在出口外頭等她，但確切的位置沒有說明。美華害怕會和離婚後就沒見過面的母親錯過，一直緊張地抓著背包的背帶東張西望，一轉頭，看見站在不遠處的母親，正微笑地望向自己。

江素瑾並沒有朝美華走去，只是掛著優雅的微笑，安靜等美華走向自己。她不激動、也沒有美華想像中會伸出雙手安慰自己的溫暖擁抱。江素瑾拘謹禮貌的樣子像是同學的家長而不是多年沒見面的母親。

當下美華尷尬地發現了，她和江素瑾並不存在母女間那種久別重逢的感動。

雖然事後程悅私下告訴美華，素瑾那天其實非常緊張，不過美華當時完全感覺不出來。

素瑾領著美華走出火車站，往松山路的方向直走。美華安靜跟在素瑾後面，打量她身上的藏青色連身裙，襯得她膚色白皙。裙子長度到膝蓋上方，以前母親在家時從來沒穿過這麼短的裙子。

母親這些年過得很好，氣色明亮，水汪汪的眼睛炯炯有神，美華這才明白，記憶中安靜溫柔的母親臉上，總是覆了一層灰濛濛的情緒的原因，原來母親當時那麼不快樂。

注意到美華的手從頭到尾緊抓著背包的背帶，素瑾問：

「行李只有這些嗎？」

「其他的等確定宿舍地址，媽……爸說會再幫我寄上來。」一時自然地喊出繼母，美華懊惱自己的粗心。

素瑾像是沒聽出什麼問題，只淡淡說：

「那就好。還沒吃飯吧？家裡有東西吃。」

美華好奇又期待地跟著素瑾來到她在台北的家，走進屋內的第一眼忍不住直勾勾望著玄關鞋櫃上的那只木盤——盤子底部雕了朵盛開的蓮花，比例小巧、仰頭高舉長鼻的四頭木雕大象各據一角，狀似合力扛起木盤。

母親將手上的鑰匙放到那只大木盤上，現在上面躺著如軀體般交疊的兩副鑰匙。

察覺到美華視線，母親微笑說：

「泰國貨，是不是挺別緻？這是做供盤用的，不過我跟妳程阿姨都不拜拜，拿來用來放鑰匙也挺合適。」

不論是同放一起的鑰匙、還是好幾年沒見面的母親提起「程阿姨」語氣中的親暱，都讓當年才十八歲的美華感到非常尷尬。

但當她期待又好奇地進到屋裡，看見一名身材高䠷的女人彎著眼對著自己笑，美華心想：母親騙人，這人一點也沒有阿姨的樣子。

當時四十四歲的素瑾，保養得宜，已是美麗好看的，但程悅更是搶眼。程悅留著一頭柔軟蓬鬆的男生頭短髮，髮色是天生的自然棕色，五官輪廓深，不像素瑾那種精美細緻雕琢的美，而是帶有瀟灑英氣的漂亮。

美華後來問過程悅是不是混血兒？程悅說自己不是。素瑾告訴美華：程悅有原住民血統。

那時原本坐在地毯上的程悅，站起來走到美華面前，笑著說：

「妳就是素瑾的女兒，美華？」

美華注意到程悅骨架大，身材比一般女性高些，連說話的聲音也帶著幾分沙啞，整個人散發一種難以用男人或女人去定義的中性氣質，令美華聯想到自己以前讀過的羅馬神話中的愛神邱比特——在美華成長的地方，從沒見過像程悅這樣的女人。

程悅比美華大十七歲，比母親小九歲，今年三十五歲，看起來卻像二十七、八歲的模樣。

母親要美華喊程悅程阿姨，程悅在旁開玩笑說，叫自己姊姊就好，叫阿姨顯得自己好老多彆扭。美華也這麼想，覺得程悅看起來比實際年齡年輕，感覺就像個大姊姊的樣子，於是表面上順著母親的意思喊程悅阿姨，在心裡只叫她程悅。

第一天晚上，認床睡不著的美華，她摸黑走出房間，聽見門口傳來細微聲響。美華害怕又好奇地走過去，遇上正靠著門外牆面、抽菸的程悅。

程悅看見美華，將食指放在嘴唇中間，示意裡頭的素瑾睡著了，她們要小聲一點。

美華注意到程悅的手指夾著香菸。程悅將菸頭放進嘴裡，既緩又深地吸了一口，然後又將菸霧慢慢吐出，彷彿那是一段深思過程的完成。她第一次看見女人抽菸的姿態那樣好看，一時竟看久了而不自覺。

程悅轉頭對美華笑了笑，用刻意壓低的聲音說：

「小瑾不喜歡菸味，所以只能在屋外抽。」

美華意識到那是程悅對母親的暱稱——稍早進門時的尷尬感又出現了。

美華聽一些大人們說過素瑾和程悅的關係，她有幾分好奇，不知道怎麼開口問，又直覺不想面對這個問題的答案。

「聽說妳跟我媽……是好朋友？」

程悅笑容裡沒什麼芥蒂，還是那副輕鬆的灑脫，或許這問題她已經面對太多次了。她別有深意地看了美華一眼，回答：

「我們是更好的朋友。」

聽見程悅的回答，美華莫名臉紅了，她抬頭看程悅抽菸的側臉，突然開口：

「我可以吸一口嗎？」

「妳要吸菸？」程悅露出意外的表情。

美華聳聳肩，小聲說：

「我沒吸過菸……」

「小瑾會罵我的。」

程悅笑笑地將手上的菸遞給美華。

明明是母親年齡比較大，程悅卻自然地開口閉口稱呼母親小瑾。除了這是情人之間的暱稱，程悅的確比不善於處理人際問題的母親更具備保護者的氣質。

「咳咳咳咳——」

第一次吸菸的美華，吸得過猛而嗆到。

「沒事吧？」

「不好玩……」美華將菸還給程悅。

「抽菸不是為了好玩。」程悅輕拍美華的背。

「那為什麼要抽？」

程悅沒回答，只是繼續安靜地吞雲吐霧。

但美華發現自己有點喜歡吸菸的感覺——此刻，她真的離開那個令她格格不入的父親的新家庭，即將開始自己的新生活了。

她現在人在台北！

美華深呼吸，夏天台北夜裡涼爽的空氣聞起來似乎真的有些不同，她轉頭再次跟程悅要了香菸。

「妳要是真學會抽菸，小瑾一定會罵我的。」儘管語氣中有些無奈，程悅仍然叮嚀美華別一下子吸太急，試著緩緩將菸吸進肺裡。

「她才不在意呢。」

「小瑾很在意，她只是不太會表達。」

美華將程悅的話和菸一起吞入喉間，再緩緩地吐出。

素瑾在桃園火車站附近有間服飾店，專賣名牌進口的熟女成衣，開店時間是上午十一點到晚上九點。她平常早起去市場買菜、煮飯、和程悅一起吃完午飯後，就會走路到松山火車站搭火車去桃園火車站，然後再走約十分鐘的路程到達服飾店。店裡請了兩名五十歲左右的兼職婦女阿滿和阿玉，都是住在附近的家庭主婦。

平時素瑾每天在店裡的時間大約是兩點到六、七點，開店和關門則由阿滿和阿玉兩人輪班負責。不過最近阿玉去幫剛生下孩子的女兒坐月子，請假一個月。少了一個人手，身為老闆娘素瑾留在店裡的時間自然得拉長。

因為開店的關係，素瑾幾乎天天早出晚歸，陪伴第一次上來台北的美華的責任自然落到程悅身上。美華無所謂，她和素瑾之間相處有說不出的尷尬，跟著程悅反而輕鬆，而且程悅比素瑾有趣多了。

程悅的工作是室內設計師，在外頭跟著公司做了幾年後，自己出來接案，不過接的多是朋友需求或朋友介紹客源。程悅出眾的外貌加上細心負責的態度，讓她保有好的口碑，當然那些雇主幾乎全是女性，口耳相傳為程悅推薦，成了最好的招牌。

台北對美華來說人生地不熟，當然也沒什麼朋友，而她又期待能夠多多認識眼前這個陌生又繁榮的城市。大概程悅也從素瑾那裡聽說自己不擅長和青春期的女兒相處，比起每天固定要到桃園看顧服飾店生意的素瑾，程悅的工作相對自由可調度，她二話不說答應素瑾，這段期間會抽時間多陪陪美華。

程悅做事一向不馬虎，很懂女孩心思的她，推辭幾件新來的裝潢案子，盡量抽時間帶美華到處走走。

程悅有台車，但只有工作需要才會開，平常的代步工具是一台車齡超過十年的機車，那個夏天程悅常用它載美華四處跑。

對逛街購物沒興趣的程悅，常帶美華去西門町的電動玩具場打電玩、去籃球場打籃球、去電影院看電影、騎機車兜風，最遠曾經載美華上陽明山，去到那所美華未來要讀的大學走走，提前看看環境。

總之和程悅在一起的目的，就是玩！經過高中三年苦讀的美華最需要玩一場，而程悅骨子裡就是個大孩子，幾天過去，一大一小兩個女人發現彼此一拍即合。

十八歲的美華不曉得自己未來想做什麼？她考上中文系，單純因為國文成績最好，她沒什麼特別擅長的科目，也沒有特別的興趣和專長。美華問程悅，她的夢想是什麼？

程悅反問：美華的夢想是什麼？

美華老實告訴程悅，她對工作毫無興趣，只想趕快跟喜歡的男人結婚，有個家庭。

程悅笑美華：

「想嫁人的話還讀什麼大學。」

美華回答：

「考上大學是為了離開那個家，等我在外面過個幾年自己的生活，就會結婚，建立我自己的家庭。」

程悅再次取笑美華：

「這麼想嫁人啊？」

美華表情嚴肅地說：

「不是想嫁人，而是想要有個不會拋棄自己的家人。」

聽到美華這麼說，程悅笑不出來了。

美華問，程悅從以前就想當木工師傅嗎？

程悅告訴美華，自己高中畢業後，在一間牛排館打工，曾經被經紀人挖掘當過模特兒。不過因為不喜歡穿裙子和被人擺布，她撐不到一年就放棄了。

她一向喜歡動手修東西，因為興趣去學了木工，結果對裝修產生興趣，找到一份設計助理的工作慢慢從基層做起，累績幾年經驗後，她認識了幾個合得來的朋友一起組隊接案。後來她和幾名案主私下成為朋友，因此認識了素瑾。

聽完，美華沒好氣地問：

「真搞不懂妳喜歡我媽哪裡？妳一定認識很多漂亮的客戶吧？我媽年紀又大妳這麼多，個性也不那麼好相處……」

「沒有人是完美的……小瑾和我，都是願意為愛情低頭的人。」程悅露出很溫柔的笑容，看著美華：「或許以後妳就懂了。」

偶有遇到程悅推不掉的工作，美華也能自己找事情做，她去市場中間那棟四層樓高的永春圖書館借幾本羅曼史小說回家，自己打發時間。

和程悅相處多，兩人常常拌嘴開玩笑，美華個性裡叛逆驕傲的特質自然嶄露。程悅不只一次說過：美華真像素瑾。

下午帶著美華四處走走，程悅通常會在傍晚前回到家，然後整理家務，做簡單的晚餐，等素瑾回來一起吃。

有幾次晚上，程悅帶著美華去火車站接回家的素瑾。她們三人會先走到附近的饒河街夜市吃東西。

在慈祐宮的夜市牌樓附近，有個小攤子賣著素瑾喜歡吃的龍鬚糖，她每次去都必買一盒。

一開始美華不敢吃，覺得龍鬚糖的外型簡直就像蠶寶寶結的繭。

美華國小時，老師規定班上同學每人都要養蠶寶寶，並且作紀錄。她在國小學校附近的雜貨店買了一盒蠶寶寶和一包桑葉回家。過了一段蠶寶寶會吐絲結成一顆顆的繭，看起來模樣和龍鬚糖非常相似。

最後美華在程悅的鼓勵下嘗試吃了一顆龍鬚糖——被拉成像髮絲一樣細的糖絲包裹著花生粉內餡，一含進嘴裡，糖絲就融了。美華體會到什麼叫做入口即化的口感，也開始喜歡上吃龍鬚糖。

美華喜歡夜市的熱鬧，她在高雄時家裡管得嚴，鮮少有機會和朋友出去玩。而高雄的夜市只有在固定時候出來擺攤。剛到台北時，發現台北的夜市是每天都有，不論什麼日子都有夜市逛，令美華非常驚喜。

饒河街夜市說長不長，說短不短，就是條大約六百公尺長度攤販聚集處，時間越晚，夜市裡則更加燈火通明，熱熱鬧鬧地擠滿人潮。

素瑾口味傳統，喜歡吃藥燉排骨和豬腳麵線等滋補的東西，程悅和美華口味較重，偏好滷味雞腳、鹽酥雞、烤肉等等，三人買了幾袋食物回家，圍在電視機前的茶几，屁股就坐在地毯上，邊看電視邊聊天。

除了飲食口味差異，在看電視的選擇上，素瑾和程悅的偏好也相當不同。程悅喜歡看播有美國片跟港片的電影台、素瑾則喜歡看些綜藝節目或瓊瑤電視劇，在電視機前大笑或流淚。

廚房外有張大餐桌，不過美華住在那裡的期間，很少看見它被使用過。這間房子的兩個女主人喜歡一起擠在電視機前方的茶几後面和沙發前面之間的狹長空間，脫了鞋襪的赤裸雙腳貼著彼此，偶爾又像嬉戲一般蹭來蹭去，兩副肩膀共同披著一條薄被，親暱得讓美華都害羞起來。

她們在上面吃午餐、晚餐、看電視，美華見過有幾次兩人什麼也沒做，只是並身平躺在地毯上，細碎呢喃般的笑語傳到美華耳裡，聽起來像只有情人間才能聽懂、藏著密碼般的情話。

在那日常和樂的氣氛下，美華仍能夠敏感地察覺到，母親和程悅之間那其他人無法介入的氛圍。

每當那種時候，她不禁有股被丟下的落單感，內心釐不清是對母親或程悅生出的忌妒和羨慕。

程悅每天告訴素瑾，當天和美華去哪些地方、做了什麼。聽了幾天下來，素瑾笑了笑說：

「怎麼都是這些男孩子氣的活動？」

素瑾注意到美華來這段期間，身上的衣服換來換去都是那幾套。不喜歡逛街的程悅當然不會注意到這些細節，素瑾告訴美華：

「過幾天店休，媽媽帶妳去買幾件衣服。」

素瑾和程悅的不同，再次反映在兩人放假的興趣上。讓美華疑惑這樣不同的兩人，感情怎麼會這麼好？

喜歡打扮的素瑾，放假時就愛逛逛街，而她最常逛的地方，就是家裡附近，距離大約十分鐘路程的明德春天百貨。

這棟明德春天百貨，就在座落在忠孝東路上，這段期間程悅載著美華外出時，兩人經過好幾次。從外頭看起來是棟六層樓高的巨大長方盒子，沉穩寬闊的外型，以及那名身穿露肩上衣、黑帽黑裙，貌似貼坐著側牆休息的大型異國風女郎LOGO標誌，都勾起了美華的好奇心。

素瑾介紹這棟百貨是去年年底開始試賣，今年年初正式開幕，對她這個常跑東區逛百貨的購物老手而言，還非常有新鮮感，更不用說離家近這點，實在非常方便。

來台北將近一個月，明明百貨公司就在附近，坐著程悅摩托車經過面前也好幾次，就是一直沒有機會踏進來。正值青春年華的美華經常觀察素瑾的穿著打扮，也曾趁程悅外出的時候，偷偷打開母親的衣櫃，伸手撫刷一整排柔軟的衣裙，拿出洋裝在鏡子前比試，還偷擦過素瑾的口紅。素瑾發現後，隔幾天送給美華一支淡粉色護唇膏。或許注意到女兒開始愛美，這次才提出要帶美華去逛逛。

一走進明德春天，涼爽的冷氣撲面迎來，挑高的樓層和寬廣的視野，讓跟在素瑾和程悅後面的美華睜大雙眼，彷彿要抓住什麼似地用力張望。

這是她在台北第一次逛百貨。

百貨公司美華在高雄也去逛過幾次，印象中那就是在一個四面環水泥牆的大空間裡，擺滿各種品牌和類型的貨攤商品，民眾繞著電扶梯周圍的走道將樓層逛過一圈。

但「明德春天」給人的感覺就是特別不一樣。除了挑高的空間，特別開闊的內部和靠近忠孝東路方向的牆面，也以整面落地窗代替。美華一行人走上主要販賣女裝的二樓，走在比一般百貨內部還要寬上兩三倍左右的走道上，戶外陽光穿過落地窗照射進來，空間裡充滿明亮的開朗感，美華感受從外頭透照進來、微溫的光束，吸著冷氣房裡微涼的空氣，心情放鬆，不自覺微笑起來。

愛好逛街的素瑾告訴美華，她可以在百貨裡逛上一整天也不疲憊。過去最高紀錄是中午十二點走進去，直到晚上九點後、聽見即將打烊的廣播才出來，期間就是不斷地逛攤位、試穿衣服、買衣服、繼續逛攤位，中途餓了就找地方吃個東西，接著再繼續逛。

程悅陪過幾次，大呼吃不消，直說逛街應該算進極限運動才對。

知道程悅的個性，素瑾也不勉強她，一個人也逛得很開心。

後來美華心想：知道彼此的不同，不互相勉強，或許也是這對情人能夠相處多年的原因之一。

不只衣服，素瑾更愛買家用品：舉凡地毯、地墊、桌巾、床包、擺飾，她通通都非常有興趣。

美華終於知道家裡頭那些可愛卻不實用的東西是怎麼來的。

素瑾對程悅說：

「認識妳以前我愛美，認識妳之後，我更喜歡把我們兩個人的家布置得舒舒服服。」

美華在旁聽了真不知該怎麼反應。

素瑾帶美華去明德春天百貨那天，平時抗拒逛街的程悅也跟著出門，說自己的任務就是幫母女倆提東西。

那天在明德春天，美華在素瑾的指揮下試了一堆衣服，她信任母親的審美觀，把挑衣服的決定權都交給母親，反正錢也是她付的。

看見美華在自己的打扮下，漸漸變成一名衣著端莊的小公主，素瑾很高興。美華小時候，素瑾還沒離婚前，她最喜歡幫女兒打扮、編頭髮，看著女兒在自己的手下變得漂漂亮亮，她就有莫名的成就感。如今看著眼前長得比自己還高的美華，素瑾突然湧起不捨，感慨地說：

「妳真的長大了。」

之後素瑾又到其他樓層為美華添購寢具，聽說她會去圖書館借書回家看，又特別買了一盞檯燈，讓美華擺在房間的書桌上使用。

逛街逛累了，三人喝下午茶時，聽說美華大學念中文系，程悅當下開玩笑說要美華幫自己寫封情書。一旁的素瑾聽見，居然露出害羞的表情。

素瑾問美華為什麼一直看著自己？

美華說：

「媽，妳現在過得真幸福。」

以為美華在稱讚自己，素瑾當時笑得更開心了。

等到晚上三人提著大包小包從百貨公司回家以後，素瑾第一件事，是立刻將美華的衣服從紙袋裡取出來，一件一件擺在地毯上。

素瑾將衣服的吊牌露在衣服外面，認真拿出相機拍下照片紀錄。接著她將衣服上的吊牌連同縫在衣服內裡的標籤，小心仔細地剪下、拆下，一個一個放進透明夾鏈袋裡，然後將所有袋子收進一只方型喜餅盒裡。

美華疑惑看著素瑾的舉動，不明白母親在做什麼。

素瑾輕聲說，這盒子裡，有自己蒐集的全部牌子的衣服吊牌和標籤。

美華問素瑾為什麼要蒐集這些？

素瑾沒回答。

隔天是星期一，吃過午飯後，素瑾說要去逛五分埔。

前幾次程悅帶美華去松山火車站接素瑾時，沿途走經松山路和永吉路交接路口的天橋上，下了天橋的樓梯後，右手邊開始出現一整排賣成衣的服飾店。

當時美華從路口方向往裡看，發現裡頭幾乎全是賣衣服包包的地方，一間間並排著像是方格積木的店面，延伸至美華看不見的巷弄盡頭。她驚訝地問程悅：

「為什麼這裡這麼多賣衣服的店？」

程悅笑笑地回答：

「這裡是五分埔，當然都是賣衣服的。」

美華不懂，程悅就再解釋。

「這裡是成衣批發市場，整個地區都是賣衣服的商家，很多妳在台北街頭、夜市看見那些賣衣服的攤子，許多都是來這裡批發出去賣的。素瑾經常過來。」

回想程悅說過的話，看見不愛逛街的她默默後頭搬出推車，美華立刻明白，母親這趟是要來批貨的。

走進五分埔，美華感覺自己彷彿走進一座堆滿衣服的大迷宮。

這裡和昨天的春天百貨不同，沒有舒服的冷氣、光滑的地板，每個品牌的服飾都像燈光下的模特兒，折痕嶄新、整齊排列地期待顧客來翻閱。

但這裡不是。

狹長的店面一間捱著一間，衣服褲裙從店裡頭延伸掛到店門口，就連地上也晾著一包一包各種款式的衣服，所有的空間都讓給了衣服，只留下窄窄的通道供人行走。

這裡是伸展台的後方，地上那些衣服就像模特兒素顏凌亂，還沒經過打扮的模樣。

美華在掛滿衣服、相似度很高的街道中迷失，程悅拖著推車安靜地走在最後面，最前頭的素瑾手上夾著錢包，有神的雙眼一一瀏覽沿途經過的衣服款式，一副老練批客的架式。美華眼中的迷宮，在素瑾腳下卻成了熟門熟路的老地方。她像是耀眼的針線頭，在密集格子屋般的五分埔巷弄間穿針引線，商家的地圖都刻在她腦子裡。

素瑾經過某幾間店面，裡頭的老闆娘便會親切地出來招呼。

「江小姐，最近有新款進來喔。」

聽見這句話，素瑾就會停下腳步，轉進店裡看看。

老闆娘將一件件衣服從衣架或假人模特兒身上拿下來，向素瑾介紹衣服的特色。

「這件最近賣超好的……」

「這件穿起來很瘦喔……」

「最近很流行這款的……」

「這區都是新的，昨天才進來，江小姐妳慢慢看。」

素瑾看衣服非常仔細，她注重衣服的布料材質、車工是否精美、她會將衣服整件拿起，有時讓美華將衣服掛在胸前，然後她走進走遠、左左右右地瞧，確認都滿意了才會跟商家下件數。十件……五件……十五件地喊，同時跟老闆娘議價，那無意間流露的精明厲害是美華鮮少在母親身上見過的。

幾回下來，跟在一旁的美華已經看出母親所批衣服的共通點——大多是熟齡女性的衣服，材質要好，穿在身上看起來能顯貴氣氣質，最好還有一些較大尺碼的尺寸能夠選擇。

不知不覺又逛了幾個小時，進出幾家店以後，程悅一開始拉來的推車上堆滿了一綑綑打包好的衣服，疊起來的高度幾乎比程悅還高。

美華心想：這兩天看到的衣服數量，比她過去十八年來所看過的衣服都還多，都還好看。

當天回家後，程悅將一包包衣服搬進客廳，素瑾指揮美華將塑膠袋裡頭的衣服取出來，再將上面的吊牌剪下。

美華不明所以地問素瑾：

「媽，這些新衣服不是要賣的嗎？」

素瑾迴避美華的視線，走進房間。

沒多久，將衣服全數搬進屋的程悅在美華身旁的地毯上坐下。

「照妳媽說的做就是了。」

程悅從美華手上接過剪去吊牌的上衣，右手拿著一把不知從哪來的裁縫小剪刀，動作熟練又小心翼翼地將縫在衣服裡頭的布標籤上的線頭剪斷，取下布標籤。

這時素瑾從房間裡拿出一包牛皮紙袋，將裡頭的東西刷刷倒到茶几上——居然是一整疊印上名牌服飾品牌LOGO的嶄新吊牌，上面寫的英文牌子，有些美華聽說過、有些沒有。

美華突然有種直覺，不禁開口問：

「媽，這些標籤怎麼來的？」

「朋友幫忙印的……趕快吧，這些今晚要做完，明天程阿姨還要幫媽將衣服載去桃園店裡。」

素瑾催促美華趕快動作，自己則拿起那些被完全拆去標籤的衣服走進倉庫，沒多久裡頭傳來裁縫車的聲音。

美華微微地皺眉，眼前的情況明顯怪異——小小的客廳瞬間變成加工廠，以及換衣服標籤的這件事，都讓人感到不太自在。

程悅沒說什麼，只是繼續手上的工作。

大約過了十分鐘，素瑾將方才加工好的衣服放回茶几，然後又將程悅拆好的衣服拿進倉庫。程悅則配合地將茶几上的衣服和「朋友幫忙印的」一吊牌俐落地別到白天從五分埔買來的衣服上，再一一折好。

美華知道自己正在目睹某個違法現場，素瑾和程悅正在做的事，怎麼想都是不對的。她突然間對同住屋內的兩位女性長輩感到陌生。

隔天，或許是察覺到美華的心情，素瑾提議中午吃現包的水餃。

素瑾記得美華小時候喜歡吃自己包的水餃，其中最愛香菇雞肉和黑木耳豬肉兩種口味，她特地一早去市場採買很多食材，花了很多時間在廚房準備。

素瑾將兩大鍋混著材料的粉肉色內餡，放在茶几上，一旁還擺著整疊水餃皮和兩小碗用來沾水餃皮邊緣的清水。

望著兩盆堆成塔高的肉餡，美華也真想起小時候和母親包水餃的記憶，那時她覺得母親親手做的水餃是全世界最好吃又好玩的食物，因為是自己包的，所以她和母親一起做了許多太陽形狀、扇子形狀、包子形狀等等，自己隨意捏出造型的圓餃子，現在回想，全是恍如隔世的快樂。

以前不覺得，或許是長大了，抽高了，從前要將手伸得很長才能撈到的肉餡，如今卻近在眼前，幾乎貼著美華鼻尖。

美華聞到肉餡那股生碎潮濕的食物氣味，當下感到有些噁心，臉色也不怎麼好。素瑾示好的動作，被美華解讀為大人的狡猾，整個包餃子的過程她都悶悶不樂。

現包的水餃很快煮好了，素瑾和程悅背靠沙發、坐在地毯上端著裝有冒著熱氣的水餃的盤子，和往常一樣，一面看電視一面親暱聊天，不時傳出笑聲。

美華曲起腳坐在兩人正後方的沙發上，吃著水餃，看著素瑾和程悅的互動，感覺那兩個人之間沒有多餘的空位能夠留給自己。

在程悅身邊的母親，笑容裡透出真心的開心。那是她小時候沒見過的母親的模樣。

美華不喜歡那個笑容，那個笑容沒有母親的樣子。

當初母親就是因為沒有多餘的空間留給唯一的女兒，才會將她留給父親的吧？

正那麼想的時候，前方的素瑾突然回過頭，笑著問美華：

「這水餃是按照以前的食譜包的，好吃嗎？」

美華看著素瑾、又看看程悅，過了半晌冷冷地說：

「不好吃，跟以前的味道不一樣了。」

有一瞬間，美華在母親臉上看見了受傷的表情。

素瑾吃完水餃，和往常一樣準備外出。離開前，她跟程悅確認：

「下午一樣的時間？」

「晚點得先跟客戶收完尾款，結束就會把衣服載過去。」

素瑾放心地點點頭，看了美華一眼，沒說什麼就出門了。

素瑾走後，程悅感覺到母女間氣氛有些僵，開口問美華：

「下午要不要一起去桃園的店裡看看？」

美華其實也好奇母親在桃園開的服飾店，當場答應程悅。

下午程悅收完之前幫客戶裝潢的尾款回家後，將車子開到家門口，她和美華將前一天才重新包裝過的衣服，一包包搬進車子後車箱和後座，確定沒有遺漏以後，就開車出發前往桃園。

美華沿路好奇地東看西看，偶爾轉頭欣賞程悅開車的側臉。車內放的卡帶是張信哲的專輯《擁有》，程悅一邊開車一邊跟著哼唱，看起來心情挺好。如果音樂放到美華唯一會唱的〈愛如潮水〉，她也會一起陪程悅唱歌。大概是唱完第二輪〈愛如潮水〉之後不久，程悅告訴美華：

「快到了，小瑾的店就在前面。」

素瑾的店位於桃園火車站附近的南門市場入口附近，在文化街上一間十幾坪的店鋪，面對馬路的玻璃櫥窗擺了兩具假人模特兒，身上穿搭的衣服都是素瑾親自配的。玻璃櫥窗上方的廣告招牌寫著：「瑾悅進口流行服飾」。

程悅才剛將車子停在店門口，一名五十歲出頭，笑容親切、身材微胖的大嬸立刻走出來，向程悅打招呼，接著自然地走向後車箱，將衣服一包一包搬進店內。

「阿滿姐！」程悅下車打招呼。

「阿悅，這女生是誰啊？」

「小瑾的女兒，美華。」

美華聽見程悅介紹自己，立刻點頭微笑。

「阿姨好。」

「哇，我都不知道老闆娘有個長這麼大又這麼漂亮的女兒。」

素瑾見到美華來，也很高興，看外面天氣熱，要阿滿去巷口買幾碗綠豆湯回來。程悅見車子停在門口會妨礙客人進出，也出去停車。一下子店裡只剩下素瑾和美華兩人。

素瑾布置居家的能力，在自己經營的服飾店裡也同樣發揮出來了。店門口進來，左右兩旁各自陳列兩座訂做的衣架櫃，衣架櫃之間有面特地空出的細長鏡面，素瑾將自己搭配好的衣裙或衣褲整套吊掛在上面，作為搭配建議的同時，也方便客人一面挑選一面當場透過鏡子比試使用。兩邊衣架櫃的中間走道，也有個長型玻璃檯子，上頭有兩盞溫暖的黃色光束，直直打在檯子上擺的新進衣服表面。

根據架子上的衣服判斷，這間店的客群是那些在市場進出來往的女性攤販和婆婆媽媽。

衣架櫃朝店裡延伸進去的盡頭前方，有張收銀台，收銀台後方的空間有兩間試衣間，還有另外兩間則是專門存放衣服和休息用的的倉庫，以及一間洗手間。

自動門上的鈴鐺響起，一名身材矮胖、穿著樸素的婦女推門走進店裡，手上還抓著圍裙和皮包，婦女看起來年紀比阿滿大一些，熟門熟路的模樣，一看便知是在附近做生意的人。

素瑾笑盈盈走向那名婦人，親切地喊著：

「康阿姨，吃飯了沒？」

「前兩天妳休息啊？我禮拜六要吃喜酒，想買件衣服。」

「喜酒？那今天妳來對了，有批衣服剛下飛機，現在躺在倉庫裡還來不及打開呢！我找找，有件衣服記得挺適合妳的。」

美華忍不住看了說謊面不改色的素瑾一眼，

素瑾走進倉庫，搬了幾包衣服出來，拿剪刀拆開其中兩包衣服，從裡頭翻找出幾件貴氣的上衣，攤開在康阿姨面前。

康阿姨拿起衣服貼在身上，朝鏡子比了比。素瑾鼓勵她去試穿。

「試穿比較準，沒找到滿意的不買沒關係啦……」

聽到素瑾這麼說，康阿姨拿著衣服走向試衣間，嘴裡笑著說：

「每次妳都這樣講，我哪一次不是被妳哄得買了好幾件……」

「唉呦康阿姨，一定是適合妳才會推薦給妳的啦！真的穿上去不好看我也不會要妳買，妳可是我們的店裡的招牌，附近很多客人都是看妳穿我們家的衣服，才會跑來問的……」

康阿姨每試穿一件，素瑾後面就又找出兩、三件等著讓她試穿。每套穿在身上，居然也都別有特色。她前前後後試穿了至少十件衣服，

這件紫色阿姨妳穿真有氣質……黃色這件比較適合妳，看起來比較年輕……這件穿起來有腰身喔！

哪件好、哪件較不適合，素瑾也不會一味地誇讚，只是點出優點的部分。幾輪下來，康阿姨開玩笑地求饒了。

「好了啦，老闆娘，我去吃喜酒，又不是新娘子，要換裝這麼多套給人看。」

「穿好看的衣服在身上是心情好啦，說真的，阿姨妳穿這幾套都很合妳喔。」

康阿姨被誇得心花怒放，挑了其中幾件衣服，抬頭問素瑾：

「這些多少錢？妳家衣服不便宜耶……」

「一分錢一分貨，我這裡全都是進口的，品質不好的衣服我店裡才不賣勒。」

素瑾說了一個數字，站在旁邊的美華聽見，當場嚇了一跳。

那件衣服是前一天她們三人去五分埔買的，當時素瑾從店商那裡拿到的批發價不過兩百多塊，但此刻對康阿姨說出的價格卻高出十倍不止。

康阿姨將衣服拿在手上，翻過來看過去，似乎覺得價格太高。

素瑾拿起計算機，笑著走到康阿姨身邊。

「這樣，妳是老主顧，如果另外兩套一起帶的話，這個價錢算妳……」

素瑾在計算機上按了一個數字，拿給康阿姨看。

康阿姨看著計算機，又看了檯子上的衣服，同意地點點頭。

「老闆娘真會做生意。」康阿姨笑著說。

那個下午，美華得知了一個事實：

母親不像外頭常見那些在市場或夜市擺攤的批客，拿到便宜的批發價、再以顧客和自己都能接受的價錢賣出衣服，賺取差價。

她以批發價買到便宜且品質不錯的衣服，然後從相信自己的顧客身上賺取更多金錢。

母親是騙子。

但母親長相漂亮，有氣質。她總是隨時注意自己的儀容和狀態，加上說話聲音細柔，笑起來很美，是個很快就給人留下好印象的漂亮女人。

這樣的她說的話，沒有人會懷疑。

那些去店裡買衣服的人，一定都相信自己用優惠的折扣買下了名牌服飾。

素瑾看見康阿姨從破破舊舊的皮包裡，數了一疊千元大鈔，交給素瑾。

素瑾微笑將裝有衣服的紙袋，恭敬地連同找的餘錢一同交到康阿姨手上。

康阿姨提著袋子，走到門口、正準備推門離開的時候，美華突然走向她。

「阿姨——」

康阿姨轉過頭，意外地看著美華，見美華久久不說話，開口問：

「怎麼了？妹妹？」

「這些衣服……其實是……」

美華不知道該怎麼告訴康阿姨，如果說了，母親怎麼辦？但母親卻又對這些住在附近，賺錢很辛苦的阿姨們……在那些不該說以及應該說出口的謊話和實話之間，美華因為遲疑，說不出完整的句子。

這時停好車回來的程悅進門，正好打斷了美華。

「美華？」程悅的表情有些緊張。

康阿姨不明所以地看著美華，又看向站在後頭、臉色難看的素瑾，微微皺了下眉頭，什麼也沒說離開了。

康阿姨離開後，素瑾走到美華面前，過了很久才說了句：

「還真了不起。」

五分鐘後，當阿滿滿頭大汗提著排隊買來的四碗消暑的綠豆湯，走進店裡時，程悅和美華正準備離開，素瑾冷著臉坐在櫃檯後方，說明剛才這裡分明發生了什麼事。應該是母女吵架了吧。

程悅和美華才剛走出服飾店，阿滿立刻追上來，將手上的兩碗冰豆花塞進美華手裡，看見她發紅的眼睛，伸出手輕拍她僵硬的肩膀，暖聲說：

「妳媽很辛苦……能當母女是很深的緣分，不要彼此鬥氣了，嗯？」

很多年以後，每次只要想起失蹤的母親，美華就會記起當時阿滿阿姨圓潤臉上的笑容和那句話。

前些時候還欽佩老婦是個銀髮的手工藝品家，對於她自食其力和求生創意覺得了不起。同住兩個禮拜後，某些生活相處上的問題漸漸浮現。

四處散布在客廳和地毯上、裝有各種物件和用具的塑膠袋，剛開始美華也沒有說老婦什麼，時間一久開始感到礙眼，根本是屋裡凌亂的亂源。

而或許是因為長期一個人住慣了，忘記同個空間裡頭還有其他人，有些工具使用完就隨意地扔在地上，結果後來走過的美華，不注意就踩到了鑷子、剪刀、項鍊或手鍊的扣頭等等。

老婦的不經心，讓地毯變成一片令人無所防備的地雷區，美華不時因為踩到東西而受傷。幾次向老婦抗議，老婦總是說著抱歉，但轉身不久卻又忘記了。

還有，長期獨居的老婦，幾乎不會使用現代電器。只要美華不在，老婦連打開電視機都沒辦法。美華教了老婦，老婦還是學不會。

幾次之後，美華越來越感到不滿，當初那種對老婦的嫌棄又回來了。

老婦發現美華最近不跟自己講故事了，她問美華，後來呢？她母親跟程悅後來還有什麼故事嗎？

美華意態闌珊反問老婦，為什麼對那兩個人的故事這麼感興趣？

老婦停下正在串珠的動作，伸出微顫的手輕緩地摸著地毯。

「過幾年，我應該也會一個人死在哪個地方吧。」老婦低頭說，「到那時候，大概沒有人能記得我了……」

是啊……當某個人被世界遺忘，她的生命就真正結束了。

怔怔看著老婦按在地毯上的粗糙手背，美華突然問：

「之前妳說過，家人都沒了……他們怎麼了？」

老婦覺得，自己的福氣和好運，全都被分到了前半生。

老婦姓鄭，從小個性內向，年輕時在一所國中對面的文具店打工，在那裡認識了當時在國中教數學的男老師，對方姓李，比老婦大五歲。

兩人雖說是自由戀愛，但過程一直是平淡的，沒什麼爭吵或衝突，就是自然而然走在一起，理所當然地互相配合、互相遷就，覺得時候差不多就辦了結婚。兩人結婚後生了一個兒子，兒子也是從小乖巧孝順，沒惹過麻煩令他們頭痛。老婦對美華強調，後來才知道，原來那樣的平淡，才是最幸福的。

老婦五十五歲那年，當時從學校退休下來的先生，有次和一群朋友爬山時，因為心肌梗塞過世。不到一年時間，有天老婦去超市買東西時，抽中了機票。這輩子從沒中過什麼獎的老婦非常開心，不過她只有一個人，有年紀、語言又不通，經過旅行社許可後，老婦得獎資格轉給了兒子，兒子又補了一筆錢，帶著老婆和剛滿五歲的幼子，一家三口開開心心坐飛機，嚷著要去迪士尼樂園玩，出國前還說要幫老婦帶些紀念品和保健品回來送她。

不過老婦的兒子一家人最後並沒有去到迪士尼樂園，沒能跟穿著玩偶裝的米老鼠和唐老鴨拍照，沒能有機會讚歎夜空裡絢爛多變的煙火秀——那架飛往美國的飛機失事，一家三口和飛機上其他人全數罹難。

事後，剩下的老婦得到一大筆保險理賠金，卻是用家人的命換來的，那些突如其來的噩耗和富有幾乎在短時間接連發生，讓老婦憂鬱了。

那段期間，老婦無法出門，整天待在家裡，她連從床上爬起來都吃力。她真希望來場地震或大火帶走自己，讓她與死去的家人團聚。她整天覺得累，彷彿身子有千萬斤重量，重得連一根手指頭也動不了。有時候她嚎啕大哭，有時半夜她突然從床上驚醒，憤怒咆哮，引起鄰居抗議。

親友們都去探望過老婦，老婦厭煩那些說教似的老生常談，後來乾脆故意避不見面，拒絕所有人的關心和聯繫。

那股深深的疲憊一直倦在老婦體內，直到有一天，家裡的電話響起。那時候，家裡的電話已經很久沒人打來了，但老婦還是沒力氣去接，就那樣放著。然而那通電話卻鍥而不捨，幾乎是沒完沒了，彷彿固執地非要等人接起才願意放棄似的。

最後是老婦怕吵，決定不管電話那頭對自己說什麼，她回一聲打錯了就要掛上，然後從此剪斷電話線。

老婦這麼想，然後千辛萬苦地移動自己那副好久沒動的身軀，好不容易將話筒拿到耳邊，對方卻先喊了：

「媽——」

聽見那聲帶著鼻音的男子的聲音，老婦那本來虛弱沒有力氣的手頓時緊抓住話筒：

「阿文？」

「媽，我是阿文……救我、救我……」

聽見電話裡的「阿文」哭了，老婦緊張起來。

「阿文，你還好嗎？小倩跟阿寶呢？你們一家三口都沒事吧？」

老婦對著話筒嘩啦啦地急說一通。

電話裡的「阿文」哭著說：

「我們三個都被抓了！」

「誰抓走你們？」

「我之前幫學長作保，結果學長公司倒了，人跑路了，黑道就把我們一家三口抓起來，逼我還錢……」

「你欠他們多少錢？」

「一百萬。」

那時痛失親人的老婦早已憂鬱成瘋子，天天妄想著如果兒子、媳婦和孫子沒搭上那班飛機，或許大家都活得好好的。

但老婦告訴美華，其實當時她心裡是清楚的，知道電話裡的「阿文」不是真的阿文。她只是想把那些因為家人出事而得來的錢通通扔出去，一毛也不要。她情願扔給一個謊，扔給一個不會實現的想像。

於是事情就這樣開始了。

老婦開始將得到的賠償金，一筆一筆匯去給對方。長期覺得疲累而動彈不得的身體，為了匯錢給「阿文」，居然能出門了。

「阿文」三天兩頭就打電話給老婦，說要還利息，還完利息還本金。債還清了，「阿文」又告訴老婦，為了躲避黑道，他們一家三口要找個地方重新開始，要租房子、生活費，還要做生意的本錢。

老婦才不在意，她每天都在期待「阿文」打電話給自己。因為除了要錢，「阿文」還會告訴老婦小倩跟阿寶的近況，雖然「阿文」老是記錯阿寶的年紀、叫錯小倩的名字，不過沒關係，在「阿文」說給老婦聽的故事裡，他們一家三口在某個地方過得平安健康，並且重新展開新的人生。

當所有的賠償金匯完了，在最後那通電話，「阿文」說自己沒事了，會好好生活，以後會常常打電話回來，或許還會有機會帶小倩跟阿寶回家看老婦，要老婦好好保重身體。

但從此老婦再也沒接過「阿文」的電話。

幾年後，老婦為了生活，將唯一的房子賣掉，在外頭租了小套房，再過許多年，老婦年紀越來越大，租的房間也越來越小。以前平常閒暇沒事就喜歡打毛線做編織，於是她開始將自己做的東西擺到市場賣，儘管偶爾才賣出一樣。

聽完老婦的故事，美華沉默了許久，當天居然還失眠睡不著。

美華明白了。原來她跟老婦是同類人：她們都是無處可去，也沒有家人的人。

美華反省自己之前態度不好，輕慢了老婦，有天晚上等老婦擺攤回來，特意煮了火鍋請她一起吃，還送老婦幾件質料好的毛衣長褲——當然都是母親和程悅生前留下的。

老婦隔天送給美華一條自己編的手鍊當作回禮。她特別指著手鍊上串著一顆淡紫色的珠子告訴美華：這是紫黃晶，帶財而且保平安。美華一聽正是自己需要的，當場高興地戴在手上。

除了偶爾逛逛市場，美華幾乎整天待在家裡，左右附近都不熟，生活無聊，因此有空時就會帶著板凳去老婦的攤位走走，和老婦聊天，陪她等著客人上門。

有天，美華注意到，老婦斜對面攤位有個穿著皮衣、提著一只大皮箱的中年男人。男人一到攤位上，就將皮箱打開，皮箱裡裝有：球鞋、皮鞋、存錢筒、筆筒、鍋碗、布娃娃、幾枚舊制的銅錢、還有幾本泛黃破了封面的舊書……等等，一眼就能看出都是使用過的二手東西，也沒特別乾淨。

那個下午，美華觀察那個穿皮衣的男人和那只大開的皮箱，市場裡來來去去逛的人經過那攤位，不時有人會停下腳步、彎腰挑選皮箱裡的東西，偶爾真有人願意將其中一兩件東西買回去。

突然美華想起屋內那些母親留下的物品，畢竟光靠收房租的錢，生活還是得摳七摳八，如果能將家裡的東西換拿來賣些錢，不用本錢，而且不無小補。

靈光乍現的念頭出現後，隔天，美華一早和老婦出現在攤位上，美華攤開自己帶來的皮革行李箱，在上面鋪好黑色絨布，然後將那些各具特色但無用的擺飾品用布擦拭乾淨，一一擺好，使它們看起來像整隊蓄勢待發的士兵。她特地留了一半的空間給老婦放她的手藝品。

她說服老婦分租攤位，兩人一起擺攤，如此有伴可以互相照應，又能夠分擔攤位租金。

一開始美華不確定這生意能不能做成，但沒想到來逛的人不少，一天下來居然賣了五六件東西出去。其中常來光顧的是那位帶狗的女人。

帶狗的女人是美華和老婦私下聊天取的稱呼。那女人五十多歲，戴一副豹紋框墨鏡，鼻子和嘴唇間有顆痣，常常推一台寵物推車，推車上有隻敏感愛叫的西施犬，名字叫「湯圓」。

帶狗女人每次來攤子，都會將推車停在一旁，用她那隻戴了一只白玉手鐲的右手，取下臉上的墨鏡，彎下腰，仔細檢視美華行李箱裡頭擺出的物件。

美華無從得知大部分物品的原本價格，她多是自由心證，考慮到這裡是市場，定價應該要相對親民。她通常會先觀察問價的對方的狀況，如果對方是抱著撿便宜心態，倒不是非要這樣東西不可，價格太高就不買，那她會預先將價錢壓低些報出，希望能提高交易成功機率。如果對方看起來經濟條件不錯，對該件東西有興趣，那麼美華會比自己原先定價在加個一到二百塊錢，但保留議價空間。她喜歡後者的客人，而帶狗的女人就是後者。

有時候帶狗的女人一面和美華談價，一旁等得不耐煩的西施犬發出擾人的叫聲。女人因為發出噪音的愛犬感到不好意思，只好同意美華開出的價格，她每次來攤位都會帶走一、兩件東西，算是美華攤子上的常客。

美華的二手生意做得不錯，連帶帶動了老婦手藝品的買氣。兩個禮拜下來，她們的生意自稱蒸蒸日上。兩人心血來潮想慶祝，卻不知道該做些什麼，外出吃飯總覺得別人的眼神不自在，最後又是在家煮火鍋吃。

老婦稱讚美華的母親好品味，選的東西很受歡迎。

美華笑說：母親就愛逛街蒐集這些擺飾和傢俱。

美華突然意識到自己對稱為「母親」的那個女人好陌生，她對母親的認識如此單薄，連彼此最後那些尖銳的情感底下，現在看來也毫無根基。她感到有些惋惜。

有天早上，美華與老婦到市場擺攤時，意外看見皮衣男人坐在她們兩人的攤子上。

美華看了看左右攤位，老婦開口對皮衣男人說：這不合規定，我交錢了。

皮衣男人回答：從今天開始這攤子改租我，妳們以後找其他位置擺。

美華氣急問：「你把我們的位置占了，我們能擺哪？」

皮衣男人惡聲惡氣地道：「這條路隨便都是地方，自己看著辦。」

位置被霸占，美華和老婦不得已將攤子移到附近騎樓、公園入口，但生意冷清，一整天下來只勉強賺到飯錢，倒楣的時候還會遇到警察開單驅逐。

三天過去，到了第四天，老婦天剛亮就出門，等到皮衣男人出現，看見老婦和美華已經擺攤做生意，立刻走過來將攤在架上的美華的皮箱狠狠踢開。

老婦看見男人走來，立刻躺在攤位的路面上，兩手握拳抓著褲子。男人拉著老婦的毛衣，使勁要將她拖走。老婦心一急，伸手抱著隔壁水果攤架的輪子，一邊扭著頭說：

「不讓！這次絕對不讓！」

美華見狀，立刻也在老婦身旁躺下，她雙手肘擋著臉，決心不管皮衣男人今天多兇，都要和老婦挺住這個位置。

一台廂型車開往這條單向馬路，車上的夫婦趕著將車子開出去，因為地上的美華和老婦，車子只得停在路中間。後面又有車子跟著開進來卻塞住。幾名車主等得不耐煩，按著喇叭急急催促。圍觀人漸漸增多。

皮衣男人氣得推了老婦一把，老婦跌在地上爬不起來，露出痛苦表情，臉和手掌都擦傷流血了。

周圍攤販騷動，開始有人出來，指責皮衣男人再怎麼小心眼，眼紅人家生意比自己好，都不該欺負老人婦女。七嘴八舌各方意見都加了進來，直到有人喊，繼續爭下去，萬一老婦真的死在這市場裡怎麼辦？生意還要不要做？

皮衣男人終於悻悻然地走回自己原本的攤位。

隔天老婦不聽美華勸告，堅持帶傷擺攤。這次皮衣男人沒再找兩人麻煩，臭著臉回到自己先前的攤位。

那年暑假，美華待在母親家的最後一個禮拜，程悅特別替母親在家裡辦慶生會，還邀請兩對熟識的情侶來家裡作客。

那晚聚會，在場所有人都心照不宣地等著一齣大戲。程悅事前為這場慶生會問過那兩對情侶、包括美華的意見和想法。程悅大而化之的外表下也有細膩的一面，平常實際不浪漫的她，這次卻私下準備了禮物，一枚刻有母親名字的黃金戒指——訂情戒指。

程悅曾經將那枚戒指拿給美華看過，純金打造的金戒指表面閃動暖黃的光輝，就像程悅的人一樣，明亮澄淨，沒有任何多餘綴飾，直接而動人，她非常喜歡。

但這祕密驚喜不知怎麼流出去的，美華感覺到母親也知道了。當天素瑾看起來特別開心，衣妝都特別打扮過，連笑容都是喜上眉梢要飛出去的那種飽含得意的笑。

吃完從餐廳叫來的一桌好菜好酒，在素瑾眼神發亮的期待注視下，程悅站了起來。

程悅當著在場的所有人面前說，她和素瑾的感情這世上不認，但她們自己得認，不但是認，還要認到底、認一輩子。
在場都是素瑾和程悅認識多年的好友，大家聽完都感動地眼眶泛淚，只有坐在程悅身旁的椅子上的美華，覺得素瑾淚流滿面的表情實在做作。
程悅從口袋裡拿出小巧喜氣的紅絲絨袋，用顫抖的手指將拉袋微微分開，袋口朝掌心一倒——袋子裡掉出一只質量極輕的飲料罐拉環。
程悅驚訝地「咦」了一聲，站在她面前的素瑾笑容僵住。
戒指呢？
程悅伸長手指往紅絲絨袋探——裡頭是空的，戒指不見了。
程悅疑惑地站在原地，大戲落空，圍桌觀眾失望又好奇，母親則當場變臉。
那晚美華洗完澡，看見母親正在自己房間翻箱倒櫃。
「戒指在哪？」
「我沒拿。」
「拿出來！」
「沒拿怎麼拿出來？」
「別以為我看不出來，妳……我知道是妳！」
美華和母親互相指責互相瞪視，那一刻她們發自內心，為對方擁有而自己所沒有的憎恨對方，在對方面前顯露自己最醜惡的模樣。

後來開學前美華找到住處搬了出去，有關那年暑假，和母親與程悅的回憶完結在冷凍暴烈的夏日裡。

其實就連美華自己也說不清，為什麼要將戒指調換。她喜歡像朋友又是長輩的程悅，程悅和母親的感情，儘管有時候令她感到不自在，然而她們兩人間的感情也不是自己反對得了的。只是有些感受改變了。自從和素瑾去了五分埔之後、從桃園的服飾店回來以後，美華開始無法用以往的態度面對素瑾。美華也不知道為什麼比起媽媽背叛爸爸的情感，會更加介意她以欺騙的手段賺取還算富足的生活。當時站在店裡看著素瑾和客人互動，美華當場感到深深的失望和無地自容的羞恥。自從知道媽媽一直用那樣的方式做事，美華便莫名想做些什麼來破壞她那張漂亮的假面具。

就算知道媽媽會多麼在意。

那枚金戒指，在開學後的大學迎新舞會上，被她換成一件粉紅色裙子，在她身上煥然一新，展開新生。

她在那場舞會上認識了初戀男友，一個笑起來牙齒特別潔白、很會帶舞的男孩。舞會結束後不久，美華和那個男孩在一起。他們熱情快意的青春時代，很快地結束在大二那年——美華懷孕了，男孩卻因為害怕不想負責。最後美華用兩人東借西湊出來的錢找了一位密醫做了人工流產手術。

當那還不成孩子的血塊從腿間被醫生給刮了出來，她並沒有太多的委屈和悲傷，只是安靜地感受到人生中的某條路被自己拒絕了不去走。十九歲的美華那時安慰自己沒關係，她還年輕，孩子在往後的日子一定會再生回來的。

事後男孩休學提早當兵去，兩人分手了。美華懷孕過的事情不知怎麼被傳開，在當時保守的年代裡，她不堪忍受校園裡其他同學背地裡的目光和閒言，最後休學離開學校。

休學的決定令她與父親關係變壞；而因為那場人工流產手術，之後她無法生孕前夫的孩子。

如果要追究導致後來一連串不幸的源頭，應該要怪那個長得好看又愛玩的男孩？怪那場舞會？還是應該怪自己偷了程悅買給母親的戒指並且去換取一件美麗的舞裙呢？

母親失蹤前半年，美華曾去探望過一次，當時母親能夠與人清醒交談的時間已經越來越少，除了偶爾還能和程悅對話，其他誰都不認識，但那次看見美華，居然指著她大喊小偷。那一喊讓美華憶起那晚那陣夏日冷風。從此之後美華沒再去看過母親了。

母親失蹤後，程悅找過美華幾次，都是打聽母親的消息，或者美華記憶中母親有可能會去的、感到印象深刻的地方。

美華對程悅說沒有。是真的沒有，她一個也想不起來。她與父親屬於母親不愛的這一邊，唯一相處的那十年她與母親像姊妹般開開心心地過了，後來那一個多月，她們成為互相憎惡的敵人。

但她留意到老了的程悅還是好看的，就像屋裡那張地毯，褪色、磨損、舊了，但原本就存有的好還是從時光裡透出來，曖曖內含光。

一個月後，一天春後季雨間放晴的午後，美華中途離開，去市場附近買了兩碗麵回來，和老婦一起坐在板凳上吃。

沒多久，那名帶狗的女人一反平常地沒帶狗，而是在兩名警察的陪同下出現在市場。女人和警察們走到皮衣男人的攤位前，一開始低聲交談，後來爭執音量逐漸加大，皮衣男人面紅耳赤地說自己沒幹就是沒幹，帶狗女人站在兩名警察身後，指著一地雜亂堅持地說，她的東西一定在這裡面！警察左右為難，附近沒有監視器，沒辦法還原當時狀況。雙方僵持好一陣子，最後皮衣男子連地上的東西也沒收，跟著警察上了警車。

皮衣男子再也沒有在市場出現過。他的攤位空了兩天後，出現一攤賣自製饅頭的婦女。而原本嘈嘈雜雜的市場也就一直嘈嘈雜雜下去，彷佛什麼事也沒發生，大家繼續做生意過日子。

皮衣男人被抓走的一個禮拜後，帶狗的女人再度推著狗推車出現在老婦的攤子前，她提了一盒蛋糕送給美華。左右兩旁的攤販都看見美華紅著臉收下。

美華要帶狗女人挑件喜歡的東西當是送她，女人掃了眼物件，搖搖頭笑了笑，推著推車離開了市場。

那天美華收攤後，特地繞去饒河街，憑著印象走到記憶中的位置，沒想到那賣龍鬚糖的攤販依然還在。美華看著那名老闆的年紀該有六十歲了，她開口問對方：一直都是在這裡賣龍鬚糖嗎？

老闆笑著回答：自己在這裡已經賣三十多年了。

老闆將手伸進看起來有些年資的壓克力罩裡頭，又拉又捏，沒多久，將一盒現做的龍鬚糖交給美華。

美華懷念地接過，輕聲道謝。

說不定二十幾年前，她和母親、程悅來買龍鬚糖的那天晚上，為他們做龍鬚糖的，也正是眼前的老闆呢。

買完龍鬚糖後，美華肚子餓了，才想到自己晚上還沒吃。她在夜市閒晃，心想乾脆順便吃點東西再回去。

走著走著，美華視線突然被一旁暗巷裡的小招牌吸引。招牌上寫著：「手工水餃」四個方正大字。美華莫名受到吸引，彎進那條沒什麼人的巷子裡，走進那間水餃店，意外看見裡頭的位置已經坐了七、八分滿。靠近門口的攤子上的鍋爐不斷冒著熱騰騰的蒸氣。

五十多歲，眉毛濃粗的老闆娘看見美華走進來，親切地招呼著：

「小姐請進，裡面還有位置喔！……小唐！」

老闆娘從鍋裡撈起十顆水餃，倒進圓盤裡頭，遞給一旁被喚作「小唐」的二十歲出頭年輕男孩。

「四桌！」

動作迅速的小唐將水餃端給客人後，看見剛在空位坐下的美華，指著一旁的牆壁說：

「我們這裡只有兩種口味，都是手工做的。」

順著小唐手指的方向看過去，美華一下子愣住——牆面上貼著一塊寫著品項的壓克力板，板子上只寫了兩種水餃名稱：香菇雞肉水餃、黑木耳豬肉水餃。

美華各點了五顆，過了幾分鐘，小唐俐落地端到她面前。美華望著盤子裡散發熱氣、形狀飽滿的餃子，她小心翼翼夾起其中一顆，放進嘴裡咬了一口——當下直覺自己今晚一定遇鬼了！

這個念頭令美華笑了出來，她看著店內因為生意好忙得團團轉的母子倆，慢慢地將盤子裡的水餃吃完。

「真好吃。」

改天，她要帶老婦來吃，她會告訴老婦，這間水餃店的口味，和當年母親做的味道幾乎一模一樣。只要聽她這麼說，老婦一定會有興趣的。而那天必須是個比較空閒的時段，然後她會去問問那個濃眉毛的老闆娘，這兩種口味的水餃是不是有什麼故事？是不是曾經認不認識江素瑾跟程悅這兩個女人？

離開水餃店時，美華轉頭看著在黑暗中微微發亮、其實不太起眼的招牌，在心裡告訴自己下次還會來的。

晚上徒步走回家後，老婦已經回房間睡覺休息了。美華從相簿裡選了一張素瑾跟程悅的合照，放在玄關上，她將一直用來放鑰匙的那只木盤仔細清洗、擦拭乾淨，將木盤放回兩人的合照前。

然後，美華輕輕地將那盒龍鬚糖放在供盤上面，微笑地看著合照裡，素瑾和程悅的笑容。

之後幾天，美華感冒待在家裡。前陣子她環顧周圍，發覺這段時間賣了不少東西，如今屋子裡漸漸空曠。於是美華又將那間小倉庫清空，計畫再出租一間房間作為收入。倉庫裡頭剩下的那堆雜物，老婦撿了些用得到的東西，其餘剩下的美華全丟了。

現在，終於將房間整理完畢的美華全身痠痛，她吃完老婦用冰箱剩餘的青菜和雞蛋煮的雜粥，這會一手摸著溫暖飽足的胃，眼皮沉重，身體一斜，軟軟倒在地毯上。

老婦如往常準備出門擺攤，經過美華面前，開口問她：

「咖啡店那裡請假了？」

「下禮拜才上班，還可以休息幾天。」美華用帶著鼻音的語調說。

美華現在不去市場擺攤了，前陣子她在附近找到一間願意雇用二度就業婦女的咖啡店，重新有份工作。

「喔。」老婦聽了點點頭。「我出門了。」

美華聽見老婦拉著門邊的推車，打開門慢慢走出去。

躺在地毯上的美華調整舒服的姿勢，睡意來襲，她閉上眼睛，突然輕聲說了句：

「早點回來，別迷路了。」

黃昏市場

野狼一二五

一九八一年，民國七十年的夏天，唐仔整天騎著那輛裝有後架的野狼一二五，在嘉義水上的下寮村，大街巷弄裡穿梭奔忙送貨。

這年唐仔四十四歲，他在村子裡的一間小有名氣南北乾貨行做送貨員，這份工作他做了快二十年，載貨工具從腳踏車換到摩托車，從一個剛當完兵的小夥子到結婚生子、成為三個孩子的爸。

唐仔本名叫唐志勇。每當他眼睛朝上看人，額間的抬頭紋就會深深地皺起，他曾經開玩笑自嘲，每當專心想事情時候，額頭常能不小心夾死蚊子。加上他眼尾有些下垂、笑紋也深，天生一張帶有苦味的老臉。

唐仔三十歲那年娶了比自己小五歲的阿春，兩人在村裡都算晚婚。阿春從小身體不好，眼睛算漂亮，不過寬扁的嘴裡有一口暴牙，加上身高長得比一般男人都高些——那年代男人大多偏愛身材比自己嬌小的女性，因此阿春相親幾次都不了了之。

背景清貧、相貌普通的唐仔和阿春，算是那時村內婚嫁市場裡剩下的兩只庫存，在村子裡互有耳聞對方。阿春偶爾會來乾貨店買東西，兩人見過幾次面，但從沒說過話。其實阿春心地善良、懂事體貼，而唐仔可靠踏實、做事細心，乾貨老闆娘看出兩人的優點，加上阿春母親一直拜託她幫忙阿春找對象，老闆娘便居中牽線，為兩人製造機會。唐仔的父母很早就過世了，阿春的父母親看唐仔有份工作、模樣挺老實，很快同意把阿春嫁給他。

唐仔和阿春認識到結婚的過程，是順理成章、平平淡淡的，幸運的是，兩個孤單的好人，在結婚後也都珍惜這段走到一起的緣分。兩個都是安分於平實無波瀾生活的老實人，婚後阿春整理家務、打掃做飯，帶孩子，做好主內後盾的工作，不會說甜言蜜語的唐仔，每次外出回來，都會買些阿春愛吃的水果和狀元糕，有時和她聊聊工作上的趣事和風景，逗阿春開心。

送貨員的薪水不多不少，不過唐仔是老員工，一開始和阿春兩夫妻是很夠用的。後來大唐和二唐兩個兒子陸續出生，一份薪水湊合給一家四口用，每個月所剩無幾。

唐仔平時生活節儉，唯一的興趣就是有空時騎車四處晃晃。或許因為這樣，唐仔一直挺喜歡那份送貨員的工作。根據唐仔的說法是：吹吹風、東看西瞧，眼睛不無聊、心情自然好了起來。

還沒進乾貨行工作前，唐仔曾經自己騎著機車，從嘉義往南出發，再到花蓮、台東，繞過台北、中部，最後回到嘉義，繞了整個台灣一圈，途中就是四處找當地的朋友聚會玩樂，住下幾天，最後唐仔花了二十天時間才又回到嘉義。回去沒多久，就在鄰居的介紹下進乾貨行做事。

往後當二〇〇六年國片《練習曲》上映後，「環島」一詞漸漸擴散，開始有許多年輕人也風行以各種交通方式環台灣旅行，唐仔從電視看到後，得意地對身邊的小唐說，這件事自己幾十年前就做過了。

唐仔四十二歲生日時，動用存款為自己換了一台野狼一二五，在車尾裝上後貨架，中等身材的他跨上那台發著銀光、疊滿乾貨的野狼座上，引擎聲隆隆低迴，就算只是送貨到巷口，模樣也虎虎生風。乾貨行老闆看見，直讚唐仔有幹勁！

唐仔非常寶貝新買的摩托車，每個月休假都會特別花時間保養它。唐仔先將車子洗乾淨，然後擦到全乾，之後唐仔還用上水蠟，一點一塊地將車體從頭到尾擦到發亮，接著除鏽、塗保養油，騎了一年多，那輛摩托車看起來就像新的一樣。

送貨員這份工作雖然辛苦，不過做習慣了，老闆跟老闆娘待他不錯，對唐仔很信任，還是他和阿春的媒人，兩家關係一直挺好的。

個性不愛變動的他，認為日子就這樣過下去也沒什麼不好，直到今年家裡第三個孩子唐小妹出生後，看著捧在自己兩掌上秀氣纖巧的女兒，唐仔原本的想法不得不有所變化。

如今家裡變成有三個孩子要養，五張口要吃飯，多了份開銷。乾貨店工作的薪水已經算不錯，但也不可能再高。加上阿春身體不好，只能接點家庭代工回家做，作為補貼，不過如果要讓一家人都吃飽飯，勢必要再找份兼差，或是……換工作。

剛好那時唐仔的表哥在台北開清潔承包公司，需要人手，在親友間四處問有沒有人要一起做事。

唐仔認真和老婆阿春討論，依他的年紀，如果再不放手一拚，過幾年就沒那個體力，更沒機會了。為了孩子們，夫妻倆都同意到北部的都市闖闖，找條出路。

阿春立刻表示自己也可以幫忙，打掃清潔的工作她平常也在家裡做，應該沒什麼問題。大唐十三歲、二唐也八歲，都是上學的年紀，至於不到一歲大的唐小妹，到時可以請拜託阿春住台北的阿姨幫忙帶。

很快達成共識的夫妻二人，將這次遷移台北當做是翻轉整個家庭的機會，唐仔辭去工作，前面背著唐小妹，阿春的背緊貼著綁在後架上的行李，夫妻倆中間夾著大唐和二唐兩兄弟，一家五口貼在唐仔平時用來載貨的野狼摩托車上，滿懷希望地往北前行。

唐仔平常工作忙，沒什麼時間帶孩子們出去玩，那次沿途他們當是家庭旅遊，中間走走停停一邊拜訪親友，唐仔也難得能夠和兩個兒子分享之前騎車在台灣四處旅行的趣事，四天後，一家五口後抵達了台北。

來到台北後的唐仔一家，因為表哥三代同堂，八口大家庭擠在一間三十坪公寓裡，沒有多出的空間可以接待他們。唐仔事先早和當兵時的同梯大目仔商量，讓唐仔一家先暫住幾天，等找到房子就離開。

因為是表哥的公司，由他那邊介紹的屋主或委託主，所以每次薪水都會被扣去部分的仲介費。唐仔夫妻做了幾個月，發現打掃清潔真不是容易的工作，除了面對屋主各種的疑難要求，薪水沒想像中多，他和阿春回家後腰都累得挺不直了。雖然現在夫妻兩人工作，兩份工資，不過在台北生活，房租物價也比以前住村裡還高，生活不比從前輕鬆。

那時唐仔早就搬離大目仔家，不過在台北沒什麼朋友的他，沒事就會去找在吳興街市場裡擺攤賣菜的大目仔。有時等到菜市場工作收攤後，大目仔會叫幾個認識的朋友，幾個大男人面前擺了幾盒熱炒當下酒菜，在攤子上喝酒聊天，聊工作、聊家庭、聊生活上的不順遂，誰誰誰已經買房賺了大錢、開賓士，就他們還浮浮沉沉。

唐仔也聊起兩夫妻正在做的清潔工作，有些不能適應，抱怨辛苦又累錢又不多，早知道就不要辭掉送貨員，從嘉義跑上來。

遲到扣錢、生病無法工作扣錢、吃飯和交通錢自理、就連掃除用具的開銷也要自己先墊，一旦客戶有抱怨，第一個一定不論理由追究唐仔夫婦的責任，當然又免不了扣錢的罰則。

最近阿春因為工作太累，病倒了，請兩天假在家休息，又被表哥扣錢，說因為屋主非常不高興臨時被取消，言談中責怪阿春造成公司損失。唐仔聽了氣得真想騎車回嘉義，現在他終於知道為什麼表哥公司的員工流動率這麼高，常常在找人手。

之前唐仔辭職時，乾貨行的老闆和老闆娘非常捨不得，告訴唐仔如果重回嘉義，一定要聯繫他們。唐仔對目前的工作是心生退意了，不過當初信誓旦旦告別嘉義的一切出發來到台北，才不過幾個月前的事，就這樣回去，打回原點，村裡的人會怎麼看？

唐仔騎虎兩難，只能在喝酒時抱怨幾句，大目仔在旁邊聽了幾次，有天突然開口說：

「既然這樣，還不如來擺攤賣菜！」

聽起來像句半開玩笑的話，但唐仔放在心上了。之後只要唐仔有時間，就會來大目仔的菜攤陪他賣菜，他在旁邊注意市場流動的人口、大目仔和買菜客人的互動，每天的賣菜量和收入。觀察了幾天，覺得市場的生意是有錢賺的。

大目仔是二代攤販，他爸從前就在這條市場上擺攤，大目仔退伍後在工地工作，覺得辛苦，後來老爸年紀大了，他索性將攤子接下來繼續做。

「因為從小看，都熟了，如果轉行還要從頭學，太麻煩！我腦筋笨啦……」嚼著檳榔，滿嘴紅通通的大目仔笑著說。

那時候的人都是這樣的，有什麼工作就做什麼，撐得下去就繼續做，做不下去就轉行。

唐仔回想在大目仔家借住的幾天時間，那間二十多坪的公寓，是大目仔老爸靠著賣菜存錢買下的——一間自己的房子，不用付房租，不用擔心租金漲，也不用煩惱如果房東不租又要重新找房子住。他和阿春什麼時候能在台北有間屬於自己的房子？

唐仔不禁心生嚮往。

不管是現在的清潔工作還是回去繼續送乾貨，都是吃人頭路，在人家底下領薪水。市場擺攤的工作，當然也不輕鬆，整天風吹日曬，要煩惱東西沒賣完，不過至少是自己做主。做老闆沒那麼容易，但大目仔說只要肯拚就能多賺……或許有機會在這座城市裡扎根立足也說不定。

唐仔心裡有了想法，他先回去和阿春商量，阿春同意後，唐仔立刻去找大目仔。

聽見唐仔對市場的工作有興趣，大目仔立刻豪爽地說自己可以幫忙。他透過朋友打聽到，虎林街的永春市場裡有個攤位空下，正在招租，更親自帶著唐仔到現場看——攤子位置在市場前段，一棵榕樹旁邊，大目仔評估後覺得還不錯，唐仔便當場決定租下。大目仔離開前，還交代旁邊賣菜的朋友黑仔多多照顧新來的唐仔。

因為幫助自己的大目仔和旁邊的黑仔都是賣蔬菜的，唐仔不希望與他們競爭，決定自己的攤子以後賣水果。原本毫無經驗的唐仔，在市場從頭學著做，這一做，就做了幾十年……

榕樹下的水果攤

那時候那棵榕樹還很年輕，樹幹比現在細瘦許多，從樹上垂下像鬍鬚那樣細細長長的氣根，也沒現在濃密。

唐仔和阿春站在兩台攤販用的活動推車後方，陽光從青綠稀疏的榕樹葉隙間灑落，竟像在兩人頭頂鋪上點點金色的碎片。

在單人床板大小的木板四周釘上矮檻，立刻打造出淺木盤一般的攤架，下頭的四個角，一邊堆上兩只相疊的塑膠籃，上面在擺好芭樂和香蕉等批來的水果，馬上就能做生意，架起簡單、收起也簡單。唐仔還買了一台二手的攤販扳車，是在大目仔介紹的二手器具店買來的，可以將一些水果擺在上面，推到流動的路間去賣。

一家五口原來租的房子也退了，現在全擠在攤位後方那間用木板搭起、其實是作為倉庫的，不到四坪的小空間，裡頭稱得上傢俱的，暫時只有兩張買給大唐跟二唐寫功課用的折疊書桌、塑膠衣櫥，剩下的空間連床墊都放不下，要睡覺時就將折疊書桌收起，在水泥地上鋪好竹蓆和睡袋。要上廁所和洗澡的話，就跟住在後面巷子裡，同樣賣水果的阿進家借用。

大唐和二唐兩兄弟面對突然改變的環境，相當不能適應。尤其是才剛從家鄉的國小畢業，來台北讀國中，正要進入青春期的大唐，雖然沒說出口，自從開學以來，常常露出悶悶不樂的沮喪模樣。

倒是二唐直接抗議了，不能租一間比較大的房子，讓他們有自己的房間嗎？或是他跟哥哥同間房間也行。

唐仔和阿春對兩個兒子覺得抱歉，但租下攤位，批水果來賣、加上買攤販推車、其他林林總總等生財用具，已經花去不少存款。而既然開始做生意，就要留著本錢和週轉金。雖然目標是讓全家人過上更安穩的日子，才選擇擺攤做生意，不過在真正從市場裡賺到錢以前，生活只能比從前更加拮据。

為了盡快搬離小倉庫，唐仔和阿春更加勤奮做生意。

開始賣起水果，唐仔才知道做為一名在市場擺攤的攤販有多麼不容易。

不管是像賣菜的大目仔或賣水果的阿進，任何像他們這種要去批發市場「批貨」來做交易買賣的「承銷人」——多指的是市場攤販、餐廳食材採購等——都要申請牌號。賣蔬菜的申請菜牌，賣水果的申請水果牌。除了一些文件申請，還得有財力擔保、保證人，和保證金。而水果單價成本較高，保證金金額也比菜牌還高。

經過手續成功申請承銷人資格，拿到的菜牌或水果牌，主要指的是一組編號，有了那組編號，承銷人才能夠在批發市場裡和拍賣員喊價競標，買到從全省各處運來的蔬菜或水果。

剛入行的第一年，唐仔沒有本錢申請牌號。像他這樣剛加入市場的菜鳥或因各自情況沒牌號的攤販，想要批貨就必須向其他有「牌」的人借，然後按照行規，也要讓借牌的對方抽取小筆費用。

現在已經領有水果牌的唐家要批發水果，只要開車到車程不到二十分鐘、民族東路上的濱江果菜市場。不過在唐仔開剛始買水果的頭幾年，號稱「第二蔬果批發市場」的濱江市場還沒成立。

直到民國七十四年年底之前，唐仔都向阿進借水果牌，在沒有休市的日子，就會到萬華萬大路的第一果菜批發市場一起批水果。

阿進是個可靠的前輩，在市場擺攤的資歷超過十年。或許是親眼見到唐仔一家五口生活條件辛苦，常常不吝嗇會傳授一些自己販賣水果的心得和祕訣給唐仔。

可愛的市場人總是樂意伸出援手、互相幫忙。那個年代許多人從外地、故鄉上台北打拚，深知「在家靠父母、出外靠朋友」的道理，互相賣人情。誰知道他日自己會不會有需要別人幫忙的時候？

唐仔第一次跟著阿進到批發市場，唐仔就被現場生猛的活力所吸引，直到現在，入行二十多年，已經從永春市場退休下來，將兩個攤位分別交給兩個兒子打理的唐仔，仍會每天到濱江市場批發補貨。原因是他對批發市場裡的流程已經太過熟悉，而實際上，唐仔真心喜歡待在批發市場裡競標果貨的時光。

批發市場，就是是菜市場攤販的「菜市場」。

在整座城市正在熟睡的深夜時刻，批發市場就像人體內自主運轉的心臟，以自身的節奏有力跳動著。

每天凌晨三點前，唐仔就會抵達批貨市場，那時廣大空間裡早已擺滿一箱箱像是疊積木似的、堆放聚集的蔬菜水果，全都是前一天傍晚，陸陸續續從全台各處運送上來，農民們辛苦耕作的成果。

每批貨物都會經過理貨員驗收、寫上拍賣序號。拍賣流程差不多三點半開始，但身為承銷人的唐仔都會先提早過來看貨、抄貨。

什麼是看貨、抄貨？

就是來買貨的承銷人，在參加拍賣採買前的準備功課。

面對一組組品項、產地不同的蔬果——蘋果有來自各個產地、各種品種的蘋果，番茄光是外表、顏色跟甜度，也有許多品種之分——承銷人要迅速地檢視品質、生熟。如果有看中的水果組合，就會將箱子上的代號抄下來，經過二、三十分鐘看貨下來，承銷人手上的紙已經筆記了一長串目標代號。

剛開始什麼都不懂的唐仔，只能跟在阿進後面，有樣學樣地模仿阿進，在一列列疊高的水果紙箱間，眼明手快地檢視水果，在迅速寫下貨號筆記。

過了一、兩個禮拜，唐仔漸漸在旁邊看出心得。阿進告訴唐仔，資深的承銷人甚至會在心裡先有個行情標準、成本，有的人會將自己對該批貨的底價先寫在代號旁邊，如果等會拍賣喊出的價格高於自己的底價，那麼就算再怎麼喜歡，通常這批水果也不能買。

就市場來說，一條市場裡有少至數十攤位，裡頭會有好幾處水果攤販，這些攤販在同天販賣的同樣的蘋果、芭樂、香蕉等水果，他們甚至很有可能是在同一個果菜批發市場批來的貨。不過不同的攤販，對於自己要販售產品的定位和策略也會有所不同。

有的攤販會買進在地高級水果、甚至是高價的進口水果，雖然成本高，但相對能提出較昂貴的販售價格，攤位也能在市場的平價水果攤中顯得獨樹一格，特別有辨識度，不過就是挑人賣，客群多半是有錢人，或是送禮、探病的伴手物。

而有的攤販則會特別標一些成本低、外觀品質還過得去的水果，然後以量制價，販售定價相對低廉，擺明就是讓民眾前來清倉撿便宜。

這些算盤，早在看貨時承銷人就得明確自己的批貨方向。

有沒有可能挑到又甜、價格又漂亮的水果？當然有的，這是大多承銷人的目標。但很多時候，這又回到很基本的特質，就是攤販是否勤奮、積極。

勤奮是指每天比其他攤販提早到批發市場，在疊高疊滿一箱箱蔬菜水果的紙箱間，細心又有效率地多看幾組水果，多比較、多抄寫筆記下來，等到晚點拍賣競標的重頭戲上場，面對瞬息萬變的現場狀況，就能比其他晚到的攤販多些準備。

從抄貨的動作，就可以看出一個承銷人的功力。

看貨和抄貨過程不能試吃，承銷人只能從外觀判別，唐仔婚前婚後都很少上菜市場，一開始批貨時不懂，總覺得那些水果看起來都大同小異，分太不清甜澀生熟，跟在阿進身邊看了幾個月，漸漸能夠從形狀、色澤、蒂頭、表皮的條紋或光滑程度等細節分辨出來。

去到後來，一看到水果產地、掃一眼外觀，甚至是紙箱上所屬的農會編號，就知道這家果農的品質優秀，有一定水準，雖然互不認識卻能夠累積出信任默契。

積極，就是說在拍賣競標過程，承銷人和拍賣員之間的角力交流。

三點半左右，濱江果菜批發市場的廣播陸續公布開始拍賣的蔬果品項和拍賣進行區號地點。這時拍賣員會推著他等會拍賣用的機台，在眾目睽睽下慢慢走出來。

蔬果批發市場裡，拍賣競標堪稱是一段令人熱血沸騰的出價和喊價過程，最重要的目標在於追求「雙贏」。這是唐仔最喜歡的部分。

如何能幫助辛苦耕作的農民，將農作物和水果賣出他們能夠接受的好價錢。

在賣出蔬果作物的同時，也要考慮承銷人，是不是能夠讓承銷人在販賣時有空間賺取利益。

只要能達到這個標準，承銷人就會再次回來批發買貨，而農民也能夠確保自己繼續耕作的作物有管道銷售。

拍賣員的角色任務就是要肩負、追求雙方利益的橋樑。

開始進入拍賣時，拍賣員右手以飛快的速度在機台的案件上操作，口中同時迅速喊出拍賣價格，眼睛同時觀察眼前承銷人對價格的反應，隨時調整，隨時要注意承銷人出價競標的手勢和表現，然後將出高價者的牌號迅速輸入機台，完成一項貨品的競標。

遇到品質優良的貨品，加上經驗豐富的拍賣員，不到一分鐘就能迅速賣完一組蔬果。

批發市場每天都進來大量來自全台產地的蔬果，光是同樣品項名稱的高麗菜、玉米、草莓、葡萄等等至少就有好幾個產處，拍賣員也有自己負責的品項，比如專門拍賣高麗菜的，迅速賣完一批南投的九件高麗菜、接下來又要賣彰化的一組二十箱高麗菜。

拍賣的全程幾乎以紙箱上的拍賣編號作為溝通，拍賣員和承銷人之間談的全都是數字：多少錢、拍賣編號、購買件數、承銷人編號（牌號）——就是行話對行話，拚速度秒殺的過程。

因此承銷人事先抄下的貨號非常重要，等到自己想買的那批貨號終於從機台的螢幕上出現，台下有幾名承銷人會同時眼睛一亮。儘管拍賣員被訓練成眼觀四方，承銷人還是要積極以手勢出價或喊價。而一組貨的件數畢竟是有限的，如果這批買不到，需要改購買其他貨號品項，承銷人筆記上頭記錄的那一組一組數字代號，就是能夠為當天批貨布局的棋子。

所有的承銷人包括唐仔，除了會看價格好不好、還要設底線、精算下標件數，以免造成囤積過多庫存，或者有警覺地保有特定蔬果的質量，預先以好的價格收購，以免之後缺貨或漲價。

整個拍賣競標如此精細又重要的過程，主要集中在兩到三個小時內完成大部分。對賣了二三十年水果的唐仔來說，深夜在批發市場批貨的過程，有種只有承銷人與拍賣員之間才能體會的激情與魅力。

競標完當天要販賣的水果後，批貨工作已經完成了一大半，接下來唐仔要將記錄有方才競標的水果品項和承銷人資料的「拖貨單」交給固定合作的「拖工」，之後等待拖工幫忙將一箱箱水果搬上唐仔指定的卡車就可以。

一開始進入批發市場採買水果時，唐仔簡直就像走進神祕世界的鄉巴佬，對於裡頭空曠的空間，推疊了他過去四十多年來不曾看過的蔬菜和水果的數量，其中最令他好奇的風景，就是一台台停在一旁、外表像是巨型手推車的電動拖車，還有在附近等待上工的駕駛。

唐仔後來在阿進的解釋下才了解，那些駕駛統稱「拖工」，是批發市場裡最特別且獨立的一群工作者。

這些拖工不屬於農會、也不隸屬於批發市場，他們是依附批發市場工作的自雇者，負責幫忙承銷人將競標到的一箱箱蔬菜或水果，按照拖貨單上的編號和數量，將貨箱搬到承銷人的車上去。拖工的計資很簡單，以箱計價，不論大小箱，每天拖的貨越多就賺越多，工作休假日全跟著市場規定。

幾乎每個承銷人都會有固定合作的拖工，而一個拖工視自己的能力，會對應平均三到四名承銷人不等。

將拖貨單交給拖工後，等待批貨搬到卡車上的空檔，阿進和唐仔就會到批發市場角落的自助餐吃飯，稍微休息一下。

附近仍不時傳來拍賣員喊價的聲音，仍有不少後到的承銷人還在競標蔬果，才剛從那些嘈雜的背景下脫離出來的唐仔，大口大口咀嚼眼前的飯菜，心裡想：接下來，就要開始菜市場裡一天的工作了。

載滿貨箱的卡車大約在六點半左右抵達市場，阿進和唐仔各自分好貨之後，開始將水果一樣一樣擺到攤位和推車上。

這時候唐仔背後的小倉庫開始陸續傳出聲響，通常先聽見唐小妹的哭聲，然後是阿春起床哄拍女兒的輕柔低語，沒多久就聽見阿春叫大唐和二唐起床。

快七點時，大唐和二唐各自背著書包走出小倉庫，準備去上學，阿春從攤子上拿兩顆才剛擺上架的蘋果或芭樂，塞給兩個兒子一人一顆當作早餐。

對妻子和孩子來說，一天才剛開始，唐仔不知該從何向家人們描述，幾個小時前自己才剛參與完戰役一般的競標活動。

這一顆顆脆綠得像玉的芭樂是昨天從南投運上來的，蘋果則是從梨山的果園摘下來的，它們在幾個小時前只是裝在寫上編號紙箱裡的，有可能被送去台北市的任何一條市場裡販賣，但它落到自己的手上了，經歷過果農的栽培、包裝運送，跋山涉水、通過重重關卡，最後通過唐仔的手，交給前來選買的客人——以前唐仔從來不知道，這樣稀鬆平常的交易和動作，背後集合了多少人力的辛勞。

永春市場分成早市和黃昏市場，早市大約從七點開始到中午，黃昏市場從下午三點到晚上八、九點。中午到下午三點之間，是攤販的休息時間，平常凌晨兩點直接起床的唐仔倒在小倉庫裡頭補眠，怕吵到唐仔的阿春帶著唐小妹榕樹底下顧水果攤。每到夏天天氣熱，阿春還會推著小型推車兼賣冰仙草，沒客人時，她會坐在榕樹下打盹。

從此唐仔沒再做其他工作，一直就在這位置擺攤賣水果。

民國七十四年，唐仔和阿春終於存夠錢，有能力貸款買房，一家五口終於圓夢搬離倉庫、搬進新家。新家就在市場附近，隔著松山路過去的住宅區。因為唐仔怕吵，說不想住在聽得見市場嘈雜聲的地方。

年底時，唐仔將房子抵押作擔保，湊足保證金，到濱江果菜批發市場，申請了自己的水果牌，他還貸款買下一台貨車方便運送水果。

再一年一年過去，攤子頭上的榕樹逐漸長茂密了，每當夏天或下雨，就成為很好的天然遮蔽。從民國七十年到九十六年，這棵比鄰生長的榕樹，見證了唐仔水果攤的開始和發跡——

二〇〇七年，大唐從青澀的小少年，長成一個中年的市場大叔，和老婆阿娟一起負責一個攤位。小時候總是跟在哥哥屁股後面二唐，娶了外籍老婆。而三兄妹裡年紀最輕的唐小妹，也在這年嫁給新竹科學園區的工程師，搬到新竹居住。

兩年前阿春去世，過世前她交代三個孩子們要好好相處、互相照顧，唐仔將自己另外在市場中段另租的位置讓給二唐夫婦。

退出市場攤位後，唐仔依舊分擔負責批貨的工作，他一樣每天凌晨三點前到達果菜批發市場，在六點半左右將載滿一箱箱水果的貨車停在市場外的馬路上，等待大唐和二唐過來將車上的貨卸下、放上推車，各自推回自己的攤位上。

市場裡的三兄妹

二〇〇七年，在市場的攤位上，唐仔的孫子小唐一邊咕嚕咕嚕吞下碗裡的冰仙草蜜，一邊聽著唐仔說起自己當年的發跡史。

國小三年級的小唐，班級老師這禮拜出了作文作業，題目是「家人的職業」。

「家人的職業」，當然只能問家人了。平時遇到這類寫週記或三百字小作文的功課，小唐都會拿出「自由發揮」的精神，自己草草完成，不過這次老師規定這篇作文至少要六百字，小唐只好求助家裡頭的大人。

小唐先問了媽媽，媽媽一個人擺攤，說太忙沒空。爸爸大唐昨晚喝醉了，到現在連話都講不清。二唐叔叔跟爺爺吵了一架，已經好幾天沒回家。越南來的小嬸嬸講的話，有時候小唐聽不懂。最後整個家裡唯一願意而且可以幫小唐完成作業的人，只剩下爺爺唐仔。

唐仔一聽說寫得好的作文，會被老師選去參加作文比賽，故事說得更加賣力，直要小唐認真寫、好好寫，讓大家認識菜市場的工作。

不過，明明作文只需要寫六百字，爺爺的故事卻講得「落落長」……小唐只好等聽完故事後再自己「抓重點」。

過了兩個禮拜，唐仔去永春國小校門口接小唐放學。小唐一坐上唐仔的腳踏車後座，立刻說自己的作文沒被老師選上，語氣失望地說：早知道就不按照阿公說的寫了……

離開時經過一間快可立飲料店，許多小學生人手一杯手搖飲料。小唐看見了，說想喝珍珠奶茶，唐仔卻沒停下踩踏板的腳步：

「喝那種飲料不健康，阿公請你吃豆花。」

豆花攤子在市場尾巴，接近永吉路的方向。兩碗加了綠豆的冰豆花端上來，小唐才喝了幾口，唐仔已經稀哩呼嚕地喝完了。

雖然知道唐仔吃東西速度快，小唐還是驚訝地看著桌面的空碗。小唐想跟阿公吃得一樣快，拿起湯匙快速將冰涼的豆花往嘴裡送。

唐仔注意到小唐的動作，笑著拍拍他的肩。

「慢點沒關係啦。阿公是因為以前做送貨員，常常遇到客戶著急催貨趕快送到，才會習慣趕快把東西吃完。你不用學阿公……」

那時他五分鐘就能吃完一個便當，爭取時間盡快將貨送到客戶店裡，久而久之，吃喝東西都變得很快。

喝完豆花，小唐再次坐上唐仔的腳踏車，被載了一段路，突然發現今天的路線和平常不一樣。

「阿公，回家不是這條路啊？」

唐仔載著小唐，沿著松山路和忠孝東路五段的路口右轉，經過松信路口再往左轉直騎，到底時，爺孫倆眼前出現了連在一起的興雅國中和博愛國小。

沿途小唐好奇打量。因為住在市場附近，小唐沒什麼機會來到這裡。感覺過了嘈雜的市場和車輛往來的大馬路，轉進這裡以後，就進到了一個環境較為安靜的住宅區域，房子的外觀氣質和小唐位於松山路的住家明顯不同。

腳踏車經過興雅國中，最後在松德公園附近的一間兒童補習班門口停下。

「進去看看。」

唐仔將腳踏車停好，要小唐一起進去。

小唐看見補習班的招牌，臉垮下來，停下腳步。

「……為什麼要來這裡？」

「你媽說你數學考不及格，買水果的客人介紹她這間數學班。」

「我不想要補習！我以後會考一好點……」小唐排斥地後退，唐仔抓住。

「來不及啦，老師說你的作業錯一堆，考試成績還全班倒數的，要來這邊給補習班補一補——」

「以後不會寫的我問你們就好了啦，阿公。」

「阿公什麼都不懂、啊大家每天回去都累得半死，誰有空教你？別囉嗦了，這是你媽交代的。」

想到以後每個禮拜有兩天放學後要來這裡上課，要寫評量、考試等額外的練習作業，小唐臉垮下來，悶悶不樂。

「不好好念書，以後跟全家人一起賣水果嗎——」

「賣就賣啊，賣水果有什麼不好……」

「……反正好好念書，以後做輕鬆一點的工作。」

後座的小唐抓著唐仔腰際的衣服，懶懶地靠在唐仔身上。

「乖啦，下次成績進步，阿公請你吃牛排。」

「我不要牛排，阿公，我想要別的。」

「別的？是什麼？」

「我想坐高鐵去玩！」

「坐高鐵？新聞在講說，去高雄只要一個多小時的那種車？」

「嗯！我班上同學都去坐，我也想去……」
「好啦，你如果考一百分，我就叫你媽帶你去坐。」
「耶！」小唐高興歡呼。
小唐開心的大動作，令腳踏車晃了一下，唐仔抓穩龍頭，笑著：
「齁！耶這麼大聲，有自信喔！」
回程路上，唐仔手指興雅國中附近，一整區高級住宅，問身後的小唐：
「這裡的房子……漂亮吧？」
小唐喔一聲，突然看見沿著興雅國中和博愛國小相連的外圍欄，看見一條路隱隱連著後方的大馬路，小唐看見，扯了下唐仔的衣衫，抬手指著：
「阿公，那裡一直走是電影院和百貨公司對不對？小姑姑有帶我去過。」
唐仔沒回頭，只是以遙遠的眼神望著前方，彷彿那些美房豪宅全是海市蜃樓，而記憶裡的畫面才是真實。
「以前信義區，一整片全是水田……這裡全都圍起來，荒涼得很，裡頭有個大水窪，我帶你爸跟叔叔來這裡釣蝦——」
一聽唐仔這麼說，小唐立刻感到好奇，他轉頭順著唐仔的視線望過去，一排氣派豪華的房子，怎麼都無法想像爺爺記憶裡的畫面。
「那時候附近有家賣麵條的老芋仔，說客人告訴他什麼『副都心計畫』……那時候誰聽得懂？現在才知道信義計畫區就是那時候提出來的，早知道阿公房子就買這附近，不要買市場附近，現在只要光收租金也不用擺攤了。」

但人生有許多早知道，是怎麼也回不去的。常常嘴裡唸著早知道，其實不過是自尋安慰罷了。

「釣蝦？那以前，爸跟叔叔也常吵架嗎？」

「吵架？他們以前感情很好，每天玩在一起，你叔叔天天黏在你爸後面，跟緊緊，尤其剛轉學過來的時候。」

「真的假的？」小唐一副小大人口吻，懷疑阿公是不是記錯了。

「那時候你叔叔年紀跟你差不多，剛升上三年級，身材瘦瘦小小的、功課也差，班上的同學嫌他又黑又土，都叫他『黑狗』，你叔叔天天哭著回家……」

「一直到他國小畢業那年吧，有一天，你叔叔班上男同學約大家去釣魚，但沒人邀你叔叔。你叔叔很生氣，他硬要跟去，結果被一群人丟石頭，樣子有夠可憐……後來你爸去接叔叔回家。那天二唐沒哭，沒想到是你爸因為心疼弟弟被欺負，哭著一路背著二唐回來。以前他們兄弟真的很要好……」

爺孫倆安靜地騎著腳踏車，過了一會，後面的小唐隨口問：

「那為什麼現在他們感情這麼差？」

那天晚上，唐仔吃過晚飯後回到房間。為了凌晨要去批發市場批貨，他通常七點多就睡了，不過這天卻躺在床上翻來覆去，怎麼也睡不著，腦子裡一直想著下午小唐問自己的問題。

小時候幾乎形影不離的大唐和二唐，長大後卻跟仇人一樣，什麼都要爭輸贏、什麼都不相讓。回想起來，兩人關係改變的時間點，似乎就是在那年大唐背二唐回家之後。

那天以後，二唐不再老是跟著哥哥，不再訴苦說學校的事，過馬路時開始甩開大唐的手，不想讓哥哥牽。大唐也注意到了，弟弟刻意想和自己保持距離。那時大唐認為弟弟應該進入青春期，開始會有自己的想法，也沒有特別表示什麼。兄弟倆就那樣漸漸疏離了。

事實上二唐疏遠大唐的同時，卻開始轉而討好班上那名帶頭朝自己扔石頭，有名的惡霸同學。

二唐省下自己的零用錢，買飲料零食請對方，還從家裡帶水果去請對方吃，積極地表示想和對方做朋友。

當然這種討好的舉動，並不能讓二唐獲得什麼平等的朋友地位，但二唐漸漸成為對方小團體裡頭的跟班，他也一副樂意的模樣，別人使喚他做什麼就做什麼。直到畢業前，二唐身上再也沒有被人排擠和被欺負的事情發生。

到了國中，二唐也採用一樣的方法，一到新環境立刻先找最有勢力的人，示好跟著對方，別人去哪兒，二唐就跟去哪，別人要二唐做什麼，他通通聽話從善如流。

不過那些朋友都是一些成績不好，喜歡結群活動的小流氓，日子一久，二唐自然也成為令師長頭痛的不良學生，國中還沒畢業，吸菸、喝酒、打架，沒一件二唐沒做過。

二唐的轉變和對朋友的盲從，讓唐仔夫婦非常擔心，尤其是阿春見到小時候活潑單純的小兒子，居然交了壞朋友後成了流氓，常常以淚洗面。大唐那時已從高職剛畢業，還沒找到正式工作以前，常常到攤子上幫忙，看見母親憂心的淚水，決定要找弟弟好好聊聊。

過了一陣子，已經幾天沒回家的二唐，再度被朋友叫去打群架參加鬥毆，另一方有人受傷住院，唐仔夫妻去警察局保他回來，看小兒子變得如此叛逆，阿春回家後就病倒了。

一向老實溫和的大唐見狀，當下義正嚴詞地罵了二唐一頓。

「清醒一點！你當人家朋友，人家當你是狗，你還開心搖尾巴！」

沒想到二唐聽了，只是笑笑地看著大唐。

「那也比你好。我才不想活得像你一樣沒用。」

大唐臉色一陣青白，當下衝過去打二唐。不過大唐在那之前畢竟都是規矩的好學生，在打架方面沒二唐經驗豐富，想要樹立長男的威嚴不成，反而還被二唐狠狠地往死裡打到送醫院。死揍完大唐一頓，隔天二唐就離家了，連差幾個月就畢業的國中學校也沒再去，唐家人都不知道他去了哪裡。

唐仔夫婦對於兩兄弟決裂，相當痛心和自責。當孩子成長和變化的那幾年，正是夫婦倆最忙著賺錢的時候。

同時背負著房貸、車貸，還有之前為了申請水果牌需要的保證金，阿春去跟了會，也是每二十天就要繳一次會費。

夫妻倆每天被錢追著跑，滿腦子都是如何能生出更多的錢，回到家往往累到倒頭就睡，睡醒繼續工作賣水果，根本無暇顧及孩子的變化。等到事情發生，已無法挽回。

而兄弟倆之間的心結歷程，唐小妹看得最清楚，甚至二唐離家那些年，私下偶爾還會和母親阿春和唐小妹聯絡。

唐小妹雖然年紀差哥哥們一大截，不過她頭腦聰慧，說話常常一針見血，洞悉真相。她曾這樣評價大唐與二唐的關係，說：「二哥就是因為看穿大哥最軟弱，才會那麼失望的。」

大唐和二唐兄弟個性南轅北轍，大唐內向溫和，對生活好奇心重的二唐則喜歡和朋友們熱鬧玩樂。

小時候二唐老跟在大唐屁股後面，上了小學後，二唐親眼見過好幾次大唐的便當和水果被同學笑嘻嘻地拿走，大唐卻什麼也沒說、沒反應，以為對方和自己開玩笑，還以為是朋友向他要東西吃，而他就給對方了——大唐連自己被欺負都能扭轉成友好的互動。

對人際的敏感讓二唐發現自己大哥那種毫無意見、照單全收的懦弱，大唐也在二唐眼裡漸漸變得無聊、毫不起眼。

二唐曾告訴小妹，那天大唐背自己回家後，開開心心拿出兩支自己做的釣竿，說要帶二唐去釣魚，不用理別人。

那時看著大唐討好的笑容，想像自己拿著竿子坐在自己哥哥身邊，二唐突然煩躁起來。從此之後，二唐在心中下了決定——他絕對不要活得像哥哥一樣。

從小就在市場裡打滾的三兄妹，偶爾同時出現在攤子前，一字排開站在一起，大家都說：孩子果然會越生越美的。

唐仔和阿春相貌普通，生下的大唐，氣質忠厚，五官也都算端正，但集合在一張臉上，卻帶著唐仔遺傳下來的苦味，印證那句俗話說：孩子果然是不能偷生的！

二唐的眉宇被稱讚長得俊，不過卻遺傳到一口亂牙。不笑時是個帥哥，笑起來則被說可惜。

唐小妹是生得最幸運的，彷彿父親和母親把自己最好的優點，都擺在她臉上，連顧盼間都帶著驕傲的氣質，充滿個性美。

念國小時，唐小妹放學後會趴在攤子上寫功課，那端正專注的姿態，有種令人難以忽視的優秀。

市場長大的孩子普遍早熟世故，看的人多、接觸的人也多，常常要與各種年齡層大人叫賣對話，應對之間也漸漸累積出機靈不怕生的氣質。小小年紀的唐小妹身上，就有這股不畏人的氣勢。周圍的叔叔阿姨都跟唐仔和阿春說，這孩子以後不得了，一定會嫁個優秀的丈夫，精明管家，把錢綁得牢牢的。

唐小妹沒有像那些長輩所說。她走出自己的路。

對金錢很有概念的她，大學畢業後去了證券所工作，幾年後存了一筆錢，在投資股票上越來越有心得，就開始自己做投資、玩股票，賺了不少錢。她結過婚後又離婚，從不靠男人養。

但那是很後來的事情了。

唐小妹和哥哥們一樣，小學放學後就會去攤子上幫忙。直到小學五年級那年，有次她在攤子上吃便當，小女孩一個便當吃不完，她看見市場裡有隻黃狗，就將剩下的便當拿過去請黃狗吃。

那隻黃狗是附近攤販養的，體型高壯，站立起來的高度就到唐小妹的胸前。黃狗看見眼前有食物，立刻埋頭下去大口吃著，銳利的牙齒叼起便當裡頭的雞腿啃咬，發出喀喀喀的清脆聲。

當時看見黃狗吃得很投入可愛，伸手想摸摸狗的頭，沒想到黃狗以為唐小妹要搶自己食物，突然抬起頭狠狠咬了唐小妹的手一口，唐小妹當場哇哇大哭。一旁主人迅速使勁地將狗移開。附近的唐仔也立刻衝過來，查看唐小妹流血的手，事後還帶她去醫院縫針，留下手背手掌連著一道像車布一樣的傷疤。

從此以後她見到狗都害怕，漸漸很少到市場去了。

二唐打傷大唐後離家好幾年。大唐一開始會去市場幫忙一邊找工作。四處打了兩年零工，二十四歲那年，大唐找到一間電器用品貿易公司的倉庫管理助理的職缺，是份正職工作，為了工作方便，他在五股的工作地點附近租套房。

管倉庫的工作繁忙，還常要加班，雖然薪水不多，但挺穩定。大唐個性溫和老實，工作細心認真，不與人交惡，在公司評價不錯。

大唐在那裡交了差點論及婚嫁的女友，美莉。

美莉是公司電話行銷業務，比大唐早一年進公司，算是前輩。

大唐本來是倉管助理，工作了兩年，前輩離職，他才正式升為倉庫管理。而美莉因為產品出貨、調貨等事情，在工作上常和倉管的大唐有接觸。後來大唐發現美莉住的地方和自己的住處離得近，有空就會約美莉一起吃飯、外出採買，兩人越走越近。

因為工作環境的關係，美莉很習慣跟男人相處、應對，相比之下，大唐在男女之間顯得單純生澀，加上美莉長得美，儘管她對大唐只是同事情誼，大唐還是對美莉心動，鼓起勇氣追求她。

追求了半年，美莉終於答應做大唐的女朋友。不過美莉告訴大唐，不希望自己的感情被同事討論，以後被人批評她公私不分，所以希望這段感情只有私下兩人知道，不想公開。

大唐雖然覺得公開沒什麼，但他尊重美莉的想法，兩人維持低調戀愛。

美莉外表亮麗、聲音甜美，男人緣很好，大唐對於美莉願意和自己交往覺得受寵若驚。兩人戀愛之後，大唐又在美莉身上看見不同的面向。

原來美莉私下生活節儉，善於存錢，為了討美莉開心，大唐常常用自己的薪水買禮物送美莉，或許因為這段無法公開的戀愛，讓大唐不安，他希望美莉身上戴著自己送的東西，除了皮包、手錶，還會送她耳環、項鍊等等的首飾。美莉會斥責大唐亂花錢，最後還是會感謝收下。

美莉平常喜歡自己下廚，住處也整理得很乾淨、布置溫馨。美莉告訴大唐，自己的父母也住五股，和她的租屋處相距車程三十分鐘左右，當初因為常加班、加上想要有自己獨立空間，所以選擇搬出家裡，但美莉每個禮拜週間都會回家兩、三次，和父母吃晚飯；星期天休假也常回家陪伴年紀大的父母。這點，更讓大唐感覺到她孝順貼心的一面。

交往不到一年，大唐向美莉提出想要去拜訪她父母的想法。美莉嚇了一跳，直說想等兩人感情更穩定，再進一步告知父母。

以為美莉也許對自己還不夠放心，大唐答應了。之後他在工作上更努力認真，還向公司主管爭取，希望能夠轉調到更有發展性的業務部——他想離美莉更近一點，而且業務部的薪水比較高，他希望成為美莉未來能夠安心依靠的男人。

一個月之後，有天晚上大唐和美莉約會完，自然地送她回家，還計畫留下過夜。

當兩人牽手走到樓下門口時，公司業務經理王浩突然氣急敗壞從一旁衝出來——後來大唐好不容易從王浩憤怒凌亂的話語中，整理出一個驚人的訊息，原來王浩和美莉兩人早就在交往。

他們甚至已經交往兩年，比美莉和大唐交往的時間還久。

大唐簡直不敢相信自己所聽見的，而原本甜蜜牽著自己的手的美莉，當下一邊擦著眼淚一邊對王浩說，這段期間大唐一直纏著自己、跟蹤自己，還威脅她，她是害怕才會不敢拒絕大唐。

儘管看著躲在王浩背後、眼神驚恐看著自己的美莉，還有咬牙切齒、對自己面露凶光的王浩，當下大唐腦筋一片凌亂。

他想起那些美莉說要回家陪父母親的晚上和假日，那些美莉說自己要陪家人不方便接電話的理由……還有更多更多情侶間親密私人的時光……美莉是怎麼看待自己的？怎麼會一秒就把自己甩開？

為什麼什麼都不知道的自己，會變成罪大惡極的一方？

美莉那晚的說詞大大打了大唐一巴掌，事後不曉得美莉是如何向王浩「解釋」，加上王浩在公司的位階在美莉和大唐之上。王浩開始利用公事找大唐的麻煩，那種針對性的態度漸漸引起同事注意，事情很快傳開，在整個公司鬧得沸沸揚揚，卻沒人來問問大唐的說詞。

大唐被傳成一個對上司橫刀奪愛的恐怖跟蹤狂。他在工作上被刁難、被公司同事排擠，情況還嚴重到引起老闆關切，

好幾次大唐想要離職卻不甘心，就這樣離開，彷彿承認自己是做錯事情的一方，是那些霸凌自己的人口中說的角色。

那些霸凌自己的人，許多從來沒跟他說過話，為什麼能夠對他懷有那麼大的敵意呢？

最諷刺的是，事情發生沒多久，美莉居然嫁給了王浩。

看著兩人婚後在職場甜蜜的模樣，大唐突然對這個世界感到恐懼。這樣恐怖的世界，對他人的話照單全收毫無懷疑的自己，是絕對無法在其中存活下來的，大唐深切地體認。

承受煎熬的那幾個月，大唐因為暴食胖了二十公斤。

走樣的體態當然又為他招來更多冷嘲熱諷的聲音。

放棄吧，沒有人看見我努力的堅持，沒有人願意試著聽我解釋……

就在大唐陷入艱難苦撐，將要崩潰的時候，他接到一通從家裡打來的電話。——母親阿春因為跌倒中風，行動不便，身體比以前更加不好了。

聽著電話那頭父親擔憂的描述，大唐不爭氣地流下眼淚。

太好了……

對不起，媽……但現在我可以離開了。

和唐仔通話後，大唐像終於找到了出口般辭掉工作，急急奔回家裡。

這年大唐二十七歲，隔年，他認識了後來的妻子阿娟。

從此大唐再也沒離開市場。

最後的車衣女工

一九九五年，當大唐正在擔任倉管的公司，因為感情風波辛苦受累的時候，住在永春黃昏市場附近、五分埔的車衣女工阿娟，正在面對自己未來生涯的迷惘。

阿娟，本名吳文娟，彰化芳苑人。阿娟家有六個孩子，她排行老大，下面還有三個妹妹和兩個弟弟。

阿娟是養女，她父母林家共生了十個孩子，實在養不起，最後將最小的阿娟送給吳家養。因為阿娟養父母結婚兩年後沒生出孩子，吳家長輩便做主收養女孩，目的是為了招子。

當阿娟過來吳家時已經五歲，或許是對自己的身分很有意識，聽吳家夫婦對別人談到阿娟，都說她一來就不哭不鬧，給什麼吃什麼，有時候生活窮物資少，給餵得少了，阿娟也毫不埋怨；在屋裡看到什麼地方髒亂，還會自動自發收拾，自覺性高，不太添麻煩。

上了小學後，阿娟還很會察言觀色，該幫忙的時候比其他人勤快，也不計較別人對她好壞。養母曾經說過，所有子女裡面阿娟最乖，比親生女兒還要懂事。

阿娟能夠在大家庭裡生存下來，對於自己存在的實際功能非常看重，吳家老夫婦看在眼中，大概是有幾分心疼，當時家裡的環境實在不好，夫妻倆還是咬牙讓阿娟讀到小學畢業。後來是阿娟自己告訴養父母不想再繼續念書。

國小畢業後，她選擇留在家裡幫忙務農，養父母有塊農地種菜，農活很需要人手。她放棄升學的決定並不全是體貼父母辛勞而委屈自己，阿娟對於讀書上學是真的沒興趣。她一念書就想睡覺，做起工作反而特別有精神，總是認認真真、勤勤懇懇地做，事情只要交代阿娟，她不只會把自己分內的工作做好，連周圍也會一併整理乾淨。

阿娟有一雙濃眉毛，小眼睛，眼睛炯炯有神、透出積極勞動的光芒；像剛強堅硬脾氣一樣的堅硬骨架，撐起薄薄的皮膚，身材瘦瘦乾乾卻充滿力量。

在田裡做了三、四年之後，吳家的鄰居介紹阿娟去五分埔做車衣女工，那時大家都說去台北賺錢比較快，有認識的人介紹又感覺更可靠點，養父母同意後，阿娟就離開彰化去了台北。

一九八六年，十六歲的阿娟一個人來到五分埔，她在上千間外型相似的「矮厝仔」裡轉轉繞繞，終於找到鄰居介紹的店面。

第一眼見到的感覺是意外，因為鄰居說要介紹她來成衣工廠做事，沒想到對方口中的「工廠」，實際居然這樣窄小。

鄰居介紹的老闆和老闆娘在不到十坪的空間裡忙碌穿梭，阿娟抬眼一看，不只前後左右，這一整區全部的房子都是外觀大同小異的「工廠」。低沉的喀擦喀擦縫紉機運轉聲從周圍樓上此起彼落傳出，剛來到此地的阿娟還沒聽慣，只覺得耳邊嗡嗡作響。

站了一會，老闆娘先注意到阿娟。

「阿娟嗎？」老闆娘打量了一會後，笑著走出來打招呼，「今天準備出貨，我跟老闆都抽不出時間去接妳，幸好妳自己找到地方過來了。」

阿娟生澀地擠出笑容，點頭示意。

應該是看見阿娟又傻又意外的表情，老闆娘輕輕將阿娟拉往屋內，走到後面隔出的廚房。

「從彰化坐了幾個小時火車過來，還沒吃飯吧？」

老闆娘一邊說，一邊將一鍋湯放上瓦斯爐，轉開火，對阿娟說：

「先墊肚子，晚點跟妳介紹環境。」

老闆娘說完又走回前頭忙碌，將一疊疊包裝好的衣服裝箱，在紙上做註記。

廚房裡有四菜一湯，阿娟瞧見中型盆底吃剩的滷肉和番茄炒蛋等簡單菜色，覺得伙食不錯。頓時對於自己當下所待的地方，產生一股「或許是個可靠地方」的安心感，當下肚子也真的餓了，她也沒客氣地坐在桌旁吃起飯來。

全新陌生的環境、沒吃過的口味菜色……咀嚼口中的炒青菜，阿娟抬頭望著縫紉機聲音來源的天花板——那裡將是她以後要開始工作的地方。

那一刻，阿娟真的有了告別故鄉，來到異鄉打拚的真實感。

老闆姓蔡，是個四十歲左右，留著鬍子、喉嚨上有顆痣的中年男人，經常穿著汗衫滿身大汗在店裡穿梭，打包衣料。阿娟剛來的頭幾天，就熱心地向她介紹環境。

五分埔整區的房子相似度極高，這些都是民國四十七年八七水災後，蓋給當時受災戶暫時居住的，都是十坪以內的矮厝，內部格局有點類似今日的樓中樓，多了一個半樓高的夾層。

之後，許多彰化芳苑人來台北賺錢，他們租下五分埔的房子，做成衣加工，有賺錢後就一個拉著一個、介紹上來，漸漸在五分埔集中，成為成衣加工區。民國七十五年才上來的阿娟，算是後期的車衣女工了。

矮厝仔坪數狹小，因此格局被充分利用。

不到十坪的一樓半空間，大概可以分成四大部分功能不同的空間。一樓前面是賣衣服的店面，後面是廚房和老闆一家住的地方；上面的「半樓」也分前後部分，前半部放六台平車（縫紉機）；和兩台車布邊的拷克車，再加一座燙台和熨斗。後半部剩下的空間，就是女工睡覺休息的通鋪。半樓空間較矮，通常一個一般身高的女生，站起來時頭幾乎要頂到天花板，可想見當時空間之珍貴。

許多女工都是彰化人居多，也有其他中南部的女孩，這些女工和阿娟一樣，都是聽說有錢賺，透過認識的親友介紹上來的，許多女孩來之前，根本不懂得如何車衣服，來到這才開始學。

「只要會車一條直線，到指定位置就停下來，把線頭剪斷——像這樣。」

一開始老闆娘先做一次給阿娟看，接著再讓阿娟自己試做一次。阿娟馬上就會了。頭幾個禮拜擔心出錯，做得小心，速度慢。後來發現速度越慢，做的件數少，領得錢就越少，阿娟開始加快速度，不到一年已經是店裡頭速度數一數二快的車衣女工。

車衣女工這份工作包吃包住，工作內容就是將衣服車好。她們每天從早上車衣車到晚上。每個女工的工資都是計件的。車的件數多，工資多。不過車的衣服數量，不單和女工的動作快慢有關，和衣服種類也很有關係。

長褲、裙子這類步驟簡單的，手腳快、有經驗的女工一天可以車超過一百件；如果遇到要車襯衫、皮衣外套等，步驟較為複雜的衣款，有可能一天平均只能做二十件。而販賣衣服的種類，則和季節、流行、或衣款受歡迎與否的程度有關係。

早餐是自理的，阿娟和其他女工會去附近買包子饅頭配豆漿，簡單吃過，大概八、九點開始車衣服到中午。

中午十二點，老闆娘差不多就會將午飯煮好，女工們吃過飯後，繼續車衣服到晚上六點。吃過晚飯後再繼續車衣服，直到晚上十一點，吃過宵夜，女工們陸續收拾、洗澡，睡覺時間往往差不多一、兩點了。

老闆和老闆娘則更晚休息，他們還要收拾店面、為明天的工作做準備。

車衣女工的工作就只有負責把衣服車好，其他大小事情由老闆和老闆娘負責——準備布料、接訂單、出貨、煮食等等。

要負責做好衣服的版型，然後將所有需要的布料，以五到六件為單元，包成一包，集中放在一處。

女工們做完一包，就再去拿一包，只要知道一天車幾包，大概就能算出一天車了幾件、賺了多少。

那些車好的衣服，經過檢查、熨燙過，會以十件一包或稱一紮為單位，出貨賣給批發商。

當時五分埔是台北除了萬華以外，有名的成衣加工區，需求大，供給的量當然也要跟得上。

在這樣高強度的工作量下，好不容易遇到一天放假，女工往往選擇倒頭睡覺，趁機補眠。

早期多數女工的生活就是車衣服，就算放假了，女工們也走不遠，除了睡覺，就是去附近市場買東西吃。

在一九八〇年代後期上來的阿娟，正好迎上五分埔成衣加工區轉型的開端。

那時因為台灣本地勞工成本越來越高，進口的衣服成本相對低廉，許多五分埔商家開始以半加工、半進口的方式經營，從韓國、香港、中國等地進口服飾。後來進口的衣服漸漸完全取代在地自製加工的衣服，本地成衣訂單減少，女工們漸漸不必在日以繼夜地工作。因為工作需求變少，放假的日子比以前多，加上當年北上時才十幾歲的女工，經過好些年，也都漸漸差不多到了適婚的年齡。

有的女工在休假空檔參加聯誼性的團康活動，認識條件不錯的男人後，很快選擇嫁人。有的女工轉行則嘗試轉行，淡出五分埔。

原本一間窄窄的一樓半矮厝工廠，全盛時期可以養八、九名女工的景況，慢慢減為五個、然後又漸漸地一間店面只剩下一、兩名女工。

一九九五年，二十五歲的阿娟成為店裡最後的車衣女工。

阿娟沒有別的專長，這是她除了務農外的第一份工作。

面對大環境變動和淘汰，老闆和老闆娘也念舊情，告訴阿娟，只要還有訂單可接，一定讓阿娟留下。

可是阿娟心底清楚，整排店面已經有好幾間沒再請車衣女工了，台灣成衣在北部完全被進口取代，或是將女工工廠外移到其他工資相對低廉的縣市去做，自己沒工作是遲早的事。

到那一天，阿娟要何去何從？

阿娟曾和小唐提過，以前五分埔旁的松山路大雙向的大馬路，原本整片全是市場。在五分埔工作的頭一兩年，女工們晚上肚子餓，就會去那條連名字也不知道的市場逛逛，買些東西吃。後來那條市場拆了，讓出一整條馬路來。女工們才分散去了永春黃昏市場那頭。阿娟喜歡吃水果，她常去黃昏市場撿便宜，便宜的水果都買回去自己吃。如果是要寄回家給養父母和弟弟妹妹們吃的水果，她就會買包裝成盒的高級水果，小心打包好寄回去，然後打通電話，和家人聊聊近況。

阿娟這幾年常去唐仔的攤子買，覺得他家的水果甜，價格也便宜。熟識之後，偶爾唐仔從批發市場搶到質量好的高級水果，也會幫阿娟留著。

一九九五年，大唐回攤子幫忙，唐仔因為在家照顧中風的阿春，幾乎將攤子全交給大唐打理。阿娟注意到大唐年紀和自己差不多，開口關心怎麼不見唐仔？關心唐仔的近況，之後兩人在攤子上偶爾會聊兩句。

有次唐仔回攤子上，注意到兩人有說有笑，才靈光乍現地想——阿娟這女孩乖巧又顧家，配上老實內向的大唐，何不幫兩人介紹看看？大唐自從離職回來家裡，整個人說不出地有些變了，只有遇到阿娟時臉上會有些笑容。

對自己突如其來的想法，唐仔越想越滿意，還回去告訴阿春，躺在床上的阿春聽說要幫大唐介紹對象，整個人精神許多，胃口也好了些，直要唐仔有機會帶阿娟到家裡作客。

唐仔私下問了大唐和阿娟的意思，兩人都表示不排斥。他就找一天市場休市的下午，帶兩人去喝咖啡，三人聊著聊著，中途唐仔說有事先離開了。那天之後，大唐和阿娟兩人又單獨出去了幾次，唐仔聽說之後很開心，明白年輕人的事情有譜了。

阿娟那時其實有個通信一年多的筆友叫做小高，家住在板橋。小高三十歲，說自己在車站做售票員。

當時流行透過雜誌認識筆友，阿娟生活圈子小，個性怕生，參加團康活動很不討好，她想認識對象，覺得交筆友是個適合自己的管道，之後從雜誌裡的許多資料介紹裡，結識了小高。

阿娟滿喜歡小高這名筆友的，小高總寫很長的信，他的生活在信裡看起來很浪漫很精彩，也會記得在信裡關心阿娟。阿娟喜歡讀小高寫的信，不過她不太愛動筆，總回得很短，小高則常常寫很長的信給阿娟。

和小高通信很有意思，不過奇怪的是，兩人通信一年多，小高從來沒有提出想要見面，或是交換寄照片的意思。

難道他不好奇自己的長相嗎？阿娟想。

不過阿娟知道自己也不漂亮，對兩人見面沒什麼把握，加上認為主動這種事情還是該讓男人來，也就自然維持著淡淡的通信關係。

和大唐越走越近後，阿娟知道這樣下去不行，鼓起勇氣向小高提出雙方要不要見個面？這次她收到小高寫過最短的一封信。上面著：可以。以及見面的日期、地址。

小高約的地點是台北火車站附近的中式餐廳。

第一次見到小高，阿娟驚訝地發現小高並不高，小高坐在輪椅上，上半身發達，但下半的兩隻腳細細瘦瘦地垂下，毫無生命力。

阿娟問小高：腳受傷了嗎？

他笑著解釋，小兒痲痺，小時候發燒後就這樣子。

小高人很好，講話就像信裡寫的一樣幽默風趣，看事情的角度帶著幾分浪漫。對女孩子很體貼大方，第一次見面就送給阿娟一小束鮮紅的玫瑰花。

小高很能聊天，因為阿娟的信回得少，所以他其實不很認識她，阿娟知道自己不能對一個對自己和善的人表現得太明顯，她提醒自己要保持笑容，盡量回答小高的問題。

吃完飯後，小高問阿娟願不願意再去喝咖啡，阿娟笑著搖搖頭，說後面還有事，匆忙離開了。

後來她再沒收到小高的信件。

很多年以後，她想過好幾次同樣的問題：如果還能夠再收到那個小高的信呢？如果她答應留下喝咖啡？那她的人生會改變嗎？

……女人，真的可以選擇自己的命運嗎？

阿娟後知後覺發現，那是自己人生唯一一次，最接近選擇命運的時刻，而她永遠無法知道，另一個選擇會長成什麼樣子了。

事後，阿娟對自己那天面對小高的表現感到慚愧，她在心裡將小高和大唐放在天秤上比較，而那天秤早就一面倒出結果。

兩個禮拜後，阿娟帶大唐回彰化老家拜訪。

那天大唐難得穿著襯衫，提著唐仔準備的高級水果籃，一路上緊張得額頭、腋下冒汗，還在火車上暈車吐了一袋。好不容易到了阿娟老家，大唐臉色青白交錯，難得抓得整齊的頭髮也被滿頭的汗水浸扁了。

但大唐一見到阿娟的養父母，立刻用力彎身鞠躬，雙手用力握住養父伸過來的手。那姿態彷彿慎重地說：請把女兒放心交給我。

那天中午，大唐留在阿娟老家吃飯時，養父私下將阿娟叫到身邊，低聲告訴阿娟：

「這人看起來乖又老實，是個好丈夫，而且手又粗又有力氣，應該不怕吃苦。」

那時聽見養父那麼說，阿娟安心了，心底再也沒有任何猶豫。

沒想到養父母判斷為「乖又老實」的丈夫，十年後會用那隻緊緊握住岳父的手的手掌，拿起酒瓶砸向他的女兒、用拳頭在他女兒臉上留下瘀青。

但她那時候不知道。

那時候她什麼都不知道。

隔年一九九六年，阿娟離開了五分埔的商家，結束了車衣女工的工作，嫁給大唐，開始和他一起在市場裡擺攤。

兩年後在市場了生下小唐。

二〇〇七年這晚，喝醉的大唐再次出手打阿娟，在她的眼窩旁留下烏紫色的瘀痕。深夜的浴室裡，阿娟站在鏡子前端詳自己。

如果人無法看清楚自己未來的樣子，又怎麼能自以為看透另一個人以後的模樣？

阿娟想著，她伸出手——輕輕覆蓋住自己臉上的傷口。

水果王，唐釋迦

阿娟有了新的身分，她成為大唐的老婆、唐家的大媳婦，同時也變成了市場榕樹下水果攤的二代老闆娘。

如果要和車衣女工那種彎身在縫紉機前，沒日沒夜的日子相比的話，阿娟說，從前做車衣女工，經常得從早做到晚，不過也只要做好一件車衣服的工作就好。當上市場人的媳婦後，自己像個陀螺一樣，每天一睜開眼睛就開始不停地轉，除了市場的工作，回到家煮飯做家務、照顧生病的婆婆。

阿春在阿娟悉心的照顧下，身體狀況有漸漸好轉，有時能見到阿娟推著坐輪椅的婆婆阿春，到附近公園曬曬太陽；偶爾還能見到唐仔或大唐騎著機車將她綁自己腰上，坐在後座，載她出門兜兜風，看起來精神不錯。

當時唐小妹還住在家裡，她剛考上高中，唐仔最寶貝小女兒，常常親自去市場買整隻雞或是新鮮魚貨，要阿娟燉湯幫念書辛苦的唐小妹補補精神。

唐小妹不是那種嬌氣的小姨子，在課業之餘，會幫忙分攤家事，細心的她每天晚上下課回家後，第一件事就是餵母親吃飯，和母親聊聊天。

姑嫂雖然年紀相差十歲以上，不過相處起來沒有距離感。阿娟在彰化老家最小的妹妹和唐小妹差不多，知道這年紀女孩的脾性，很需要自己的空間。

而唐小妹也清楚嫁進來唐家的女人不容易，加上阿娟嫁進來以後，母親身體也比以前健康些了，她將那些辛苦操勞默默看在眼裡，對嫂嫂非常尊重。

剛好那幾年阿娟和唐小妹都喜歡看連續劇——這可是屋內其他大男人不能理解的享受。每星期晚上固定時間，兩人都會坐在電視機前看日劇，儘管因為白天工作太累，阿娟有時候會看著看著就打起瞌睡，讓一旁看得投入的唐小妹直喊不可思議，但兩人因為看日劇而有話題聊，自然而然拉近距離。

倒是出入市場之後，阿娟重新和一位意外的對象，有機會重新熟識。

早上在市場頭擺攤時，阿娟常會遇到來菜市場買菜的素瑾。

原來阿娟之前在五分埔待的成衣工廠，就是素瑾一、兩個禮拜就會去批貨的商家之一。阿娟在那裡做久了，偶爾進出遇見素瑾，而素瑾每次批貨時，因為衣服又重又多，都會找程悅幫自己。與其說阿娟認出素瑾，其實是和素瑾走在一起的程悅太吸引人目光。素瑾和程悅都長得漂亮，但程悅穿著打扮中性，她的美帶著一種外面不常見到的瀟灑，讓人印象深刻。

素瑾看見阿娟在市場賣水果，一開始還以為是她轉行。一問之下才知道阿娟嫁給了原本在這裡經營攤販的年輕人——因為大唐、唐仔就住素瑾家隔壁，父子倆每天進進出出，自然都認得對方、打過照面。

素瑾從阿娟口中得知，她嫁人之後，就住在自己隔壁，兩人不禁覺得：真是有緣分。

阿娟除了以前住五分埔一起工作的幾個姊妹，在台北沒其他認識的朋友。而那些姊妹們在這幾年都各自嫁人，搬去不同地方。

阿娟嫁給大唐以前，姊妹們偶爾還會碰面吃飯，結婚之後，因為市場的生計要忙，阿娟沒什麼餘裕和姊妹聚會，最常相處的只有鄰居素瑾。

阿娟常會將一些賣剩但品質不錯的水果，分送給素瑾。素瑾也會三不五時將自己煮的菜分裝給阿娟。兩人一來一往，漸漸成為朋友。

阿娟知道素瑾之前離過婚，現在和好朋友程悅住在一起，每天就是忙桃園服飾店的生意。她有個在念大學的女兒，但和自己不親。

其實阿娟很羨慕素瑾，離婚在那時還是很保守，難以輕易對他人啟齒的事情，但素瑾提起自己的過去，總是落落大方，不太在意。

素瑾四十多歲了，不知道是不是因為開的是服飾店的緣故，身上穿的衣服都特別好看，身材就像年輕小姐一樣窈窕，保養得非常好，整體漂漂亮亮的，靠近時能聞見素瑾身上淡淡的香味。不像阿娟自己，不到三十歲，整天穿著灰撲撲的寬大衣褲，沒時間打理的頭髮像乾稻草，長時間站在市場吹風的臉早就被刮得又黃又粗，阿娟覺得自己越長越像個稻草人。

有次在素瑾家，聽見阿娟這麼形容自己，程悅忍不住笑了出來，素瑾從房間裡拿了一些擦臉和手腳的保養品，還送阿娟一支新口紅。

阿娟害羞地說自己沒用過這些東西，素瑾當場轉開口紅，輕輕在阿娟下唇劃了一下，然後用手指細細將口紅按勻，叫阿娟學自己嘴巴的動作——抿一下。

「看，氣色好很多！妳應該常用的，男人都喜歡女人化妝。」

素瑾將一塊小圓鏡放到阿娟面前，阿娟的臉湊上去，看見鏡子裡自己的模樣，氣色霎時變好了。

阿娟覺得神奇，對著鏡子裡的自己的臉左顧右轉、微笑抿嘴。

回家後，過幾天早上準備出門去市場前，阿娟自己在房間裡練習塗口紅，大唐進房間看到了，阿娟問大唐自己塗口紅好看嗎？

大唐淡淡看了一眼，說：「像猴子化妝。」

阿娟的臉一陣熱辣，馬上抽出衛生紙使勁往嘴上抹，將那支口紅扔進抽屜，從此再也不擦口紅。

一九九八年，唐小妹考上台南的國立大學，準備搬去台南居住。小女兒第一次離家到那麼遠的南部念書生活，唐仔和阿春都相當不捨，但對於家裡第一個考上大學的孩子，又充滿驕傲。

阿春曾經擔心地問唐仔，小妹書讀得這麼高，男人會不會不敢娶？

唐仔哼一聲回說：

「普通男人怎麼配得上我家妹妹。」

唐小妹坐火車去台南那天，阿娟堅持放下攤子去送唐小妹，頻頻交代小妹到了以後打電話回家報平安，把地址給她，她一定常寄東西跟錢過去。

少了唐小妹，阿娟又少了一個說話的對象。公公唐仔是長輩，至於丈夫大唐，則是個悶葫蘆。市場的工作和生病的婆婆，像兩條綁住阿娟的繩子，無法跑遠的阿娟，偶爾的放鬆就只能去隔壁素瑾家串串門子。

說起丈夫大唐，剛開始認識，覺得他這人安靜老實，婚後越相處，才發現他是個深沉的無底洞，望進去黑壓壓的，心裡頭放了什麼都看不出來。

大唐和阿娟結婚後，人確實越來越沉默，尤其是阿娟懷孕以後，一開始聽到是男孩的消息，還和唐仔一起面露喜色，沒幾個禮拜，卻反常地開始和市場裡幾個酒鬼攤販一起喝酒。

大唐原是不喝酒的，他酒量不好，一沾酒就臉紅。自從聽說阿娟懷孕，每天喝得滿臉通紅、半夜眼神渙散倒在家門口。阿娟問大唐究竟怎麼了？但酒醒後的他又是那個悶葫蘆樣子，什麼話也不解釋。

阿娟更焦頭爛額了，每天挺著大肚子坐在攤販賣水果，面對丈夫不像是高興的反應，不免覺得心酸。

但終究是自己的決定，能怪誰呢？當初嫁給大唐時，誰知道這男人婚後會是這樣子……

阿娟心裡不好受，但是當娘家打電話來，卻還是說著大唐的好話。

「還是那樣啊，話不多，但做得多，剛知道有孩子的時候，開心得很。現在就是整天等兒子出來……」

唐仔看在眼裡，注意到時盡量幫忙阿娟分攤工作，他私下勸阿娟，大唐沒當過爸爸，第一次心裡壓力大，一時脫序了。等之後孩子生出來，一看見孩子，就會有動力。自己當年也是那樣。

大唐的心裡始終還積著美莉和王浩事件給他留下的餘震，偶爾想起，那種恐懼還是將大唐整個人罩下，令他動彈不得。

他明明從那裡離開了，從五股的倉庫裡逃出來，市場是他的避難所、防空洞。回家以後，他像是防備自己再度誤觸地雷般，小心翼翼過活。

如果要問他愛不愛阿娟，大唐會說這問題太沉重，他不討厭阿娟，阿娟是個明明白白，不會有任何意料之外心眼的女人，她是個認分、負責的好女人，和美莉一點相似的地方也沒有，讓大唐很安心。

但如果想像自己將會一直活在這樣的安心之下，不知為何大唐又有些不甘心，尤其是當他知道阿娟懷孕以後。

倒不是還對美莉抱有感情和期待，只是感到腳步沉重，自從知道有了孩子，眼前人生的道路突然變得充滿黏稠感，讓他舉步維艱，難以跨進。一旦有了小孩，總覺得這條黃昏市場就會被雷劈出一個洞，一個墓穴。他往後的未來到老也會死在這裡的那種窒礙。

因為害怕那個墓穴大的洞穴裡有什麼即將撲上來抓住自己，大唐開始藉由喝酒逃避。

一九九八年。中秋時節正是市場最忙的時候。許多人為了準備烤肉，到市場採買食材。到了中秋節當天下午，市場更擠滿人潮。

唐仔負責顧著倉庫前的攤子。另一台活動推車推到路中間，阿娟頂著隨時都有可能臨盆的大肚子和凌亂的頭髮，站在推車後面，因為位置顯眼，很多人圍在阿娟旁邊挑水果。

賣了一陣子，唐仔看架上的柚子和釋迦銷了不少出去，轉身去後面的小倉庫裡搬幾箱水果再出來擺。

在唐仔進出倉庫時，正好遇上警察出來巡邏市場的時候。

因為永春市場裡的攤販們原本就算是占著虎林街的兩側做生意，如果攤販擺在路中間，更是不合法的。

當時阿娟正將零錢找給客人，遠遠聽見後方傳來騷動。她轉過頭，看見從市場尾段出現一名騎著機車的警察。

機車緩緩騎向市場頭，所行經之處，彷彿摩西過紅海一般，原本聚集在中間的推車們立刻往兩旁走散，轉眼街道就被清空。

唐仔攤前圍滿挑水果的客人，看見警察就要過來了，正低頭忙碌的他喊了阿娟一聲，讓她趕緊將攤車推進來。

阿娟一手扶著肚子，單手吃力推攤車，才幾秒警察已經騎著機車來到阿娟面前。

被警察抓到在路中間擺攤，可是會被開單的。只要被開一張單，今天好不容易才賺到的錢，就有部分算充公，要做白工了。阿娟手用力緊抓推車把手，緊張得心臟都要跳出來。

原本和自己一起在路中間擺攤的其他攤販都眼明手快地將自己塞進兩旁巷弄間的空隙，而她還不願放棄，吃力地往唐仔攤子旁移動。

唐仔見狀，趕緊跟客人們賠不是，從人潮中鑽出去，要幫忙阿娟。

突然，肚子裡的小唐踢了阿娟一腳，阿娟皺了下眉，低頭看腳下——羊水破了。

見狀，原本正要拿出紅單的警察，驚慌地停下動作，要兩旁商家趕快打電話叫救護車。

之後阿娟在醫院裡陣痛了十六個小時，生下健康的小唐。當大唐早上酒醒後，發現自己已經當爸爸了。

幾年後，當小唐開始懂事，喜歡好奇地問東問西，自己是怎麼出生的？

阿娟不假思索地告訴小唐，他是在市場出生的。小唐還在阿娟肚子裡，就幫她解圍，讓阿娟躲過警察開單，他是阿娟的幸運星。

小唐開始上小學後，再次聽了這個故事，這次又問爺爺，自己叫做「唐仕嘉」，是因為那天攤子上賣釋迦嗎？

唐仔聽見呵呵笑著解釋，小唐出生那天，攤子上正在賣釋迦沒有錯，不過那跟小唐的名字可一點關係也沒有。

小唐名字中的「仕」，是根據唐家祖譜的輩分字，家族裡只要和小唐同輩，名字裡就會有「仕」。

仕是做官的意思；嘉是善、美的意思。唐仔當初在取名時，是希望小唐長大能夠成為一名善良、好的大人物，所以取名「仕嘉」。當時在場的大唐和阿娟都沒多想，沒想到之後才發現仕嘉和水果「釋迦」同音，不禁莞爾。

這純粹是個有趣的巧合。

二〇〇五年，新聞上播報釋迦是台灣外銷到大陸的第一名水果，小唐在小學班上常被取笑為水果王，唐釋迦。

小唐不在意，心想總比叫做唐西瓜好多了。

因為家裡在市場賣水果，小唐出生後，阿娟常背著小唐在水果攤前擺攤。忙的時候就將小唐放在攤販推車中間的夾層，一邊擺水果一邊輕拍小唐的背，夾層裡有台插上小型喇叭的MP3，成天放著兒歌。

小唐不哭也不鬧，躺在夾板上踢腿、吃手，靜靜等母親忙完陪自己。阿娟有時候顧攤手邊沒準備玩具，就塞顆水果到小唐手上，讓小唐邊吃邊玩。

到那時，大唐也還是三不五時醉醺醺的模樣。

小唐兩歲那年，有次阿娟跟唐仔帶婆婆阿春去醫院回診追蹤，她吩咐大唐照顧兒子，回家以後，阿娟看見客廳桌上擺著酒，抱起小唐時，聞到孩子嘴裡有酒味，問大唐是不是餵小唐喝酒？

大唐當場暈昏昏地承認，阿娟氣極了，立刻帶小唐去醫院檢查，幸好沒事。回家後阿娟馬上收拾行李，抱著小唐說要回彰化老家。

她告訴大唐：

「如果你還要這樣下去，我和小唐不會回來了。」

望著阿娟臉上從沒見過的堅決表情，大唐嚇到，用酒後打結的舌頭不斷道歉，當場還跪下說自己會戒酒，以後不會再喝了。

唐仔看見情況，一邊嚴厲斥責大唐，一邊又好言好語勸著阿娟。阿娟本來就心腸軟，帶小唐離家的背後原因，也只是希望大唐振作，最後她踩下唐仔拋過來的台階，答應再給大唐一次機會。

隔天起大唐真的戒酒，又變回原來那個安靜溫和的男人，他天天去攤位幫忙，和阿娟一起分攤工作，恢復到從前好男人和好父親的形象。這令阿娟認為過去兩年，大唐確實是一時走偏，而這個男人還是有救的。

小唐五歲時，市場的攤販叔叔阿姨，最喜歡和他玩一個遊戲。他們會用手帕將小唐的眼睛矇住，然後拿水果湊向他鼻子前面，要小唐聞過後猜是哪一種水果。

說對的話，叔叔阿姨們就會請小唐吃一些市場賣的零食，小唐每次都能猜中。

因為家人都在顧攤，不太有時間能夠照顧小唐，因此小唐的早中晚餐也都自己在市場解決。對那時候的小唐來說，市場是全世界最自在、最熟悉的地方。小唐待在市場的時間比待在家裡還長。

小唐還沒上小學前，已經會在整條市場到處賒帳。只要他想吃什麼或要用什麼，不用客氣，先拿再說，整條市場的人都知道他是市場頭榕樹下水果攤唐仔的孫子。

小唐常常會踩上板凳，熟練俐落地紙箱裡的水果鋪排在攤子上，他手勁輕巧，一次也沒有不小心摔到或捏傷水果。

攤架上販賣的水果，有時被小唐戲稱作「紅綠燈」組合。

蘋果——西瓜——香蕉

火龍果——芭樂——柿子

聖女番茄——棗子——柳丁

如果剛好遇到唐仔那天批貨的水果是「紅綠燈」三種顏色，小唐就會遊戲般地將水果排成三個大圓型，然後叫阿娟趕快看。

阿娟曾經開玩笑地問小唐，以後長大想做什麼？

小唐毫不猶豫說自己以後也要賣水果。

唐仔哈哈大笑，說到時候就在旁邊租個攤位給小唐。

旁邊的大唐聽了立刻生氣，要小唐以後別常去市場。

小唐被大唐臉上那種難得出現的嚴厲怒氣嚇到，當場抽抽噎噎地哭了起來。

阿娟溫柔地拍拍小唐的背，告訴小唐：

「爸爸是希望你有出息才兇你的。」

阿娟好笑地看了大唐一眼：

「這麼認真幹什麼？」

意識到自己反應過大，大唐語塞。

還不懂什麼叫「出息」的小唐，則抱著阿娟躲避大唐。

一九九四年，台北市政府遷移到信義區，整個信義計畫區就像原本樸素平凡的村姑，經過多年和多次整容後，搖身變成了充滿粉飾的都會女郎。

到了二〇〇四年，信義區的百貨商場在一年內出現了舊人哭與新人笑的景況。四月，永春黃昏市場附近的中興百貨信義店結束營業。

原本阿娟不會注意到這種事情，是素瑾趁著結束營業的大拍賣，買了一條圍巾送給阿娟，阿娟才聽說的。

到了年底，台北一〇一大樓以鶴立雞群之姿，以及未來連續五年獲得世界第一高樓之稱，矗立於信義區當中，彷彿閃閃發亮的魔法杖。加上附近的信義威秀電影院對面，一棟棟信義百貨商場拔地建起，與附近豪宅區相互輝映，周圍房價跟著節節高升。「信義區」這個地理位置一時間成為富豪居住地、繁華之地的代名詞。

約莫就從這個時間點，有些事情開始變化。

一〇一大樓開通後不到兩個月後，阿春因為寒流染上感冒，惡化併發成肺炎，不治過世，享年六十二歲。

阿春的過世讓唐仔非常傷心，以前老伴雖然行動不便，至少還能有人說說話。現在阿春過世，面對子女間的問題，讓唐仔心底的煩悶沒有了出口。

阿春過世後，大唐再度開始喝酒。

已經從南部的大學畢業，剛搬回家的唐小妹看不慣大唐，卻講不聽，兄妹倆口角爭執，最後唐小妹索性眼不見為淨，以一面工作同時還要準備研究所需要專心為理由，搬離家裡。

好幾年沒回家的二唐，曾經因為參加街頭鬥毆而坐牢。出獄後，他跟在一位大哥底下當廚師助理，每天累得要死。這次跟了浪子回頭的大哥，讓二唐這位年輕的浪子也回頭了，想起自己很久沒跟家人聯絡，慢慢恢復聯繫。幾個月會回家一趟，不過和大唐之間仍舊一直不對盤。

母親阿春過世後，二唐去找唐仔，說廚師工作他沒興趣，而且實在辛苦，也想回來市場賣水果，自己做生意，不用在別人底下領薪水。

唐仔聽見二唐有心做生意，還在自己的地盤附近，就近照顧方便，而且如果他辭掉廚師工作，萬一又跟了別的大哥，到時候在哪裡做壞，也難以阻止。決定之後，唐仔很快幫二唐在市場中段另外租了個攤位。

二唐在唐仔的幫忙下，做了兩個月水果攤老闆，又有意見了——他認為市場中段的新位置，不如前段原來榕樹下的攤位好。榕樹下那攤位做得久，累積的老主顧數量多很多，而且許多人在前頭買，到中間就不買了。

那段時期，大唐開始跟著酒友玩職棒簽賭，輸掉二十萬，阿娟為了湊錢還債焦頭爛額。

已經搬回家住的二唐，譏諷大唐整天喝酒又賭錢，根本敗家，市場頭的位置應該要交給他，反正大唐根本不積極，只會把事情丟給老婆。

大唐不願讓出攤位，兄弟倆常爭執，手心手背都是肉，令唐仔頭痛不已。

不到一個月，大唐又因為賭錢輸掉五十萬，阿娟向唐仔求助，唐仔在無奈下幫忙還錢。事後二唐知道了，又去找唐仔，這次他告訴父親，自己想結婚了。

唐仔一開始驚訝，問二唐：是不是有對象了？

二唐說沒有，自己想去越南找個老婆，不過剛做生意，手邊還沒存到錢，希望唐仔可以幫忙。

唐仔心裡忍不住嘆氣……這兩兄弟是輪流挖老父的老本嗎？

但靜下來想，小兒子這樣告訴自己，代表他真有心要安定了，娶了老婆，往後二唐在生活和工作上能多個幫手，也是好的。

唐仔隔兩天去找二唐，答應出錢讓他去越南一趟，不過以後擺攤位置的事別再和大唐計較。二唐離家這些年，都是大唐和大嫂阿娟留在家裡幫忙，如果論先來後到，二唐不該跟哥哥嫂嫂爭地盤。

聽見唐仔同意幫自己娶老婆，二唐高興了，之後也沒再吵攤位的事。二〇〇五年八月，二唐去了一趟越南。四個月後，小燕來到台灣。

唐仔期盼的家庭安寧還是沒能實現。

逐流

兄弟兩個家庭同住一屋簷下，狹路相逢，經常碰面就是一頓火爆的爭吵。大唐清醒時話少沉默，一喝醉就像變成另一個人，經不起刺激，以前只是說話大聲，現在居然會出手打人，還不時就傳出賭輸欠錢的消息，為了不讓黑道影響市場的生意，唐仔只能在後面幫忙擦屁股，幾次軟硬兼施勸阻大唐就是管不聽，對大兒子又氣又無奈。

二〇〇七年，唐仔已經七十歲，大半輩子的勞動工作，讓他的膝蓋早就不聽使喚，他一直想將批貨的工作傳給兩個兒子，不過大唐像灘爛泥，二唐最近又開始喊市場難做，想要改做別的生意，讓唐仔擔心他不靠譜，再說如果將水果牌照交給二唐，又擔心無法保護到阿娟和小唐母子。

常常被兩個兒子氣得想搬回鄉下住的唐仔，最不放心的，是孫子小唐。小唐才上小學，生長在一個吵鬧不休的家裡，讓唐仔覺得心疼。阿娟壓不住愛闖禍的大唐，而自從大唐開始酒後暴力，小唐對父親顯得畏懼，唐仔覺得自己有責任保護小唐，只能繼續管著水果牌和批貨的工作。

九月多，小唐數學月考分數九十四分，是班上的前三名高分，進步很多。阿娟跟唐仔都非常高興，唐仔拿出五百元要給小唐當作獎勵，沒想到小唐不想要五百元，他告訴唐仔，自己最想要的禮物是搭高鐵去南部玩。

小唐因為家人都在市場擺攤，鮮少有機會去旅遊，最長的假就是過年四到五天，阿娟會帶小唐去高雄妹妹夫家作客過夜。對小唐來說，坐火車去其他縣市似乎已是代表最高級的玩樂。因此小唐聽說現在多了一種叫做「高速鐵路」的交通工具，不到兩個小時就能到達高雄南部，每次聽班上同學或市場客人們說高鐵速度多快多快，讓小唐特別想試試。

唐仔將小唐的願望告訴阿娟，阿娟知道小孩子想玩愛玩是天性，何況小唐平常很少主動開口要什麼，這次周末帶他去南部玩個兩天一夜，給他當考試考好的鼓勵，未來其他科目也能激勵他要比照努力。

阿娟答應小唐，不過阿娟得留在市場做生意，能多擺一天攤，多賺一點是一點，先前大唐賭光了積蓄，加上小唐開始上補習班，也要準備補習費。唐仔除了市場休市幾乎每天都要去批發市場，也無法帶小唐下去。

陪小唐搭高鐵的對象，阿娟很快就想到大唐。大唐出現在市場的時間不一定，通常是看他清醒的時間，而如果有機會讓他陪陪孩子，他至少一兩天沒機會接近那群酒鬼朋友，小唐也有機會和爸爸親近些。

阿娟回頭和大唐商量，大唐聽見小唐成績進步，一口開心答應幫忙獎勵小唐，帶孩子回南部一趟。

出發的前一天，小唐接過阿娟抽空去買的高鐵車票，唐仔還帶小唐去便利商店買了一大包零食飲料。小唐前一天早就打包好行李，將背包擠得鼓鼓的。開心要出去玩的他跟班上同學、還有附近許多熟識的攤販叔叔阿姨說，爸爸要帶自己坐高鐵去高雄玩，對其將到來的週末充滿期待雀躍。

星期六出發當天早上，吃完早餐後，小唐就坐在椅子上等爸爸。大唐前一天沒有回家，不過小唐前幾天就已經跟爸爸反覆確認，叮嚀他要記得，不然錯過時間就坐不到高鐵了。

大唐當時大驚小怪地取笑小唐緊張兮兮的反應，直說：安啦！安啦！

此時小唐坐在客廳，焦慮地盯著牆上的時鐘，看著時間一分一秒地過去，小唐的臉緊張得皺成一團，眼看剩下四十分鐘就要搭車，小唐再也坐不住，抓起背包衝到市場找阿娟。

阿娟聽說大唐沒出現，請唐仔先幫忙顧著攤子，自己牽起快哭出來的小唐，怒氣沖沖朝市場外圍的巷子裡，走到一戶人家樓下，外面有張摺疊木桌上擺著幾罐保力達、汽水和啤酒——大唐正醉醺醺地趴在那裡。

阿娟往那桌上用力一拍，大唐突然從桌上彈起身，眼神迷茫地看著面前的阿娟和小唐。

「請你做一件事！就這一件事情……你也親口答應孩子，能不能有點做父親的樣子！」阿娟忍無可忍，心裡新仇舊怨全部湧起，當場叉腰大罵：「活成這樣像人嗎？每天把自己喝得要死不活，搞出一屁股債讓老爸跟老婆擦屁股，現在就連幫忙帶孩子也做不到——」

阿娟這幾年總是忍著，很少看她對大唐發飆，那些酒友有的訕訕沒說話，有的鼻子摸摸，拍拍大唐，要他趕快回去了。

大唐歪著身體站起來，突然一巴掌打向阿娟，阿娟罵人的話嘎然中斷。

「幹！老子要喝就喝！操你的！」

阿娟像個中斷的陀螺，轉了半圈後倒在地上。

小唐哭著喊：

「媽……」

阿娟爬起來，大叫衝過去朝大唐一陣亂打，大唐喝酒後力氣變大，他一把抓住阿娟頭髮，再次將她甩到地上，臉色兇惡地抬起腳，朝阿娟身上踹，那動作哪裡還有夫妻的樣子，看起來就像仇人。

阿娟在地上不吭一聲。等到大唐火發完，他又軟軟地坐上後頭的板凳，拿起還有剩酒的酒瓶，隨意倒進眼前的空塑膠杯，拿起杯子湊到嘴邊，瞄見小唐還站在阿娟旁邊看著自己，動作一愣——

小唐看著父親的眼神裡，第一次充滿憤怒和恨意。

二〇一〇年，年初的冬天凌晨，唐仔如往常出門要出發去批發市場。

那天二唐六點半走出家外，看見唐仔的發財車仍停在原位，疑惑地走上前查看，看見唐仔坐在駕駛座上，鑰匙掉在腿上，模樣像是疲倦地睡著了。

警察到場後，研判因為冬天凌晨寒冷低溫，年紀大的唐仔在車上突然心肌梗塞，沒人及時發現，當場死亡。

唐仔過世的月份和老婆阿春是同個月，都沒能熬過即將到來的新年團圓飯，又或許這個結局對唐仔來說是個解脫。

唐仔過世後，最不能接受的人是小唐。現在唐仔已經沒力氣載著小唐上下學，但每天爺孫感情始終很好。唐仔過世的前一天，還告訴小唐要好好念書，這次成績進步，過年的紅包就會很大包……說著這樣的話鼓勵小唐。

怎麼才過一個晚上，人就不在了？小唐感受不到爺爺離開的真實感，總覺得走出門口、待在市場的時候，爺爺就會從路口慢慢地踱步到自己面前。

那陣子，坐在市場的攤販後面想著去世爺爺的小唐，有天看見市場的路面上有隻老鼠被行經的車輛輾死了。

老鼠黏在柏油路上的屍體位置，正好在兩個攤販中間，因此那兩家攤販都不願處理，路過的人和車輛來來去去，也彷彿視而不見。過了幾天，老鼠汙灰的軀體在更多車輛輪胎的輾壓下，逐漸扁平，與路面黏結成難以分割的狀態，乍看彷彿化為柏油路的一部分。

幾天後，鋪柏油路的工人來了，為了鋪修路面，工人熟練地分工合作，先將路面刨挖——包含那小片壓扁的老鼠。

小唐坐在攤子上，靜靜看著工人叔叔們鋪路的過程。

刨挖完路面後，在上面噴上黏油……然後鋪粗料……鋪面料，緩緩開動的壓路機在燙熱的新柏油路面移動——等待路面冷卻。

修好鋪平的柏油路，散發鐵灰色的嶄新表面，和四周淺灰的舊路面相比，甚至有些突兀地厚了一層。

但這小小的鋪路工程不過是生活眾多事情裡的一小件，等到工人們取走架設在四周，用來警告行人避開的橘色交通錐，往來市場的忙碌步伐和汽機車，各個若無所覺行經、趕往他們的目的地。

就好像從來沒有人看見那隻死去的老鼠。

就好像死去的爺爺唐仔一樣。

唐仔後事辦完後，大唐和二唐第一次達成共識，賣掉房子，將錢分成三份，三兄妹一人一份。

二唐用分到的錢付了房子頭期款，和小燕搬到南港去住。隔年二〇一一年，他退租攤位，離開了市場，和小燕在南港住家附近開了間越南小吃攤。

大唐在附近租了一層公寓住，夫妻二人還守著榕樹下的攤位做生意。

小唐這時已經是個國中生，假日或放學後缺人手的話，偶爾能在市場看見他的身影。小少年的他話越來越少，周圍的大人們都說，這孩子越來越像大唐。

小唐不喜歡像大唐，現在他一放學回家就關在房間，遇到大唐在家也不叫人，視而不見的態度，讓大唐覺得小唐不尊重自己。大唐酒後對小唐發脾氣，但小唐就像年輕時的大唐一樣，悶著什麼都不說，將大唐當空氣，惹得大唐更生氣。

阿娟一個女人在市場，天天辛勤叫賣水果，喊啞了喉嚨，但生意難做，收入逐年比以前少。農民看天吃飯，市場的攤販一樣也得看天吃飯。天氣好，市場的人潮多，生意就可能好，要是下雨，居民們就懶得出門或是不來市場逛了。

而攤販不只要看天，還要看人吃飯，看人多人少、看人臉色、看人口袋深淺。信義區房價高、租金漲，人口漸漸流失，加上過去的大家庭漸漸分化成少子化的小家庭以及不生孩子的頂客族，所有所有集合成一種叫做「景氣差」的漸進式動詞。

這個景氣衰退的現象，對於站在第一線與民眾接觸的攤販來講，是最直面的衝擊。大賣場、量販店的崛起，加入生鮮食材的販賣戰區，也對傳統市場帶來威脅。

但對阿娟來說，最危險的不是外面的環境，而是家裡的男人。

大唐的酒品越來越差，只要喝酒回到家，就暴躁易怒，找阿娟和小唐的麻煩，經常罵著罵著，便開始摔東西、砸家具，對阿娟和小唐動手動腳。

二〇一三年夏天晚上，國中畢業的小唐在家玩電腦，阿娟剛收攤回家，就聽見大唐又開始罵孩子。阿娟上前勸阻，被大唐揮手打到，暴躁的大唐再次對阿娟拳打腳踢。

一旁的小唐似乎忍無可忍了，用大唐過去打自己的方式，拿起椅子用力砸向自己的爸爸。

看見失控的小唐，阿娟的內心比看見大唐作惡還要難過，也領悟到長期在這樣的環境下，對孩子會有多嚴重的傷害。

同年秋天，阿娟向大唐提出離婚，帶著小唐離開了。離開前，她們母子去拜訪了素瑾。這時的素瑾已經有嚴重的失智症狀，桃園的服飾店幾年前就收了。現在只剩下程悅在一旁照顧她。

嫁過來唐家在市場的日子裡，如果不是素瑾，根本沒有朋友可以陪阿娟說說話，她覺得自己可能無法撐到現在。

阿娟向程悅表明，自己和小唐要搬走了，程悅也知道阿娟的事，表示祝福她，如果有什麼需要幫忙的，可以聯絡自己。聽程悅這麼說，阿娟充滿感謝，程悅為了照顧素瑾也很辛苦，卻仍願意對自己釋出善意。

就在阿娟母子倆準備離開前，素瑾突然留她下來吃飯。程悅笑著說，今天不知道怎麼搞的，素瑾包了很多的餃子，兩人根本吃不完，如果他們肯留下吃飯也算是幫忙了。

阿娟母子剛好肚子也有點餓，而且這次離開，未來不知道還有沒有機會見面，就決定吃完飯再走。

小唐一向喜歡吃素瑾煮的菜，更喜歡吃素瑾包的水餃。儘管素瑾現在記憶不好，有時認不出人，不過煮菜倒是很少出錯。

小唐稱讚好吃，一口氣吃了二十顆，素瑾看見很開心，讓小唐將剩下的餃子通通打包帶走。

兩個禮拜後阿娟和小唐搬到中和，阿娟一開始在餐廳打工，漸漸想自己出來開小吃店，只是還在考慮要賣什麼，小唐突然說，賣水餃好不好？

因為小唐愛吃水餃，阿娟便從嚐過的記憶以及和素瑾聊過的印象中，一點一滴還原成素錦餃子的味道，現在吃起來沒有十分也有九分像。

不過自己模仿做了在家和兒子兩人吃，和準備要做生意，那是兩件事。阿娟當天就打電話問程悅，說明原委，心想如果對方不同意，她就決定不賣。

但程悅一口答應了，她告訴阿娟：

「小瑾她最喜歡別人稱讚她做的東西好吃。妳是她朋友，我想她會願意的。」

阿娟再三向程悅道謝，在住家的夜市附近找了店面，開始賣起水餃。

榕樹下的大唐

阿娟和小唐離開後，大唐退掉租屋，一個人住回攤位前的小倉庫。

不再有人阻止他喝酒之後，大唐反而開始覺得喝酒無趣，不過才清醒幾個小時，彷彿有一群螞蟻爬過胸口的焦躁，讓他渾身不對勁，他的手不住發抖，連顆蘋果也拿不住。他靜不下來、睡不著，繞著小倉庫走著一圈又一圈，直到他感到頭暈、累了，渾身沒力想要躺下休息……那群螞蟻又從胸口爬出來了。

儘管喝酒變得沒那麼有意思，但不喝酒，又有什麼事情可以做呢？什麼人都不在了，就剩大唐跟房間裡的幾箱爛水果、以及聚集而來的果蠅，周圍時間過得特別慢、又剩下特別多。

於是大唐像是想通似的，立刻開始喝酒。一起喝酒的朋友們看見大唐出現，特別高興，大家輪流一杯又一杯地要大唐喝，等到大唐喝醉，正要開始語無倫次的時候，就圍在他身邊，問他賣房子的錢去哪了？還完債以後都花光了嗎？

還有。大唐說。

那錢藏在倉庫裡嗎？

大唐哈哈笑說，當然存銀行，放在倉庫萬一被偷或失火了，那他不就變成窮光蛋。

一聽見錢存銀行，朋友們笑著問大唐：

那密碼幾號呢？

大唐不說話了。

三個朋友互相擠眉弄眼，輪流對著大唐猜：

密碼是你生日？

大唐還是不說話。

你老婆生日？小孩生日？

從家人生日到門牌號碼、手機號碼、身分證字號……所有和數字有關的線索全都問過一遍。但平常一喝醉就話多的大唐，卻反常不說話了，只是傻呼呼地笑，笑起來的樣子有點苦——有點像唐仔那張帶有苦味的臉。

眼看是問不出答案，原本圍在大唐身邊的朋友哄哄散去，坐在旁邊繼續喝。之後的日子，大唐像是遊魂一樣，常常一早就喝得飄飄然，拖著裝滿水果的推車在市場頭尾走動，腳步顛浮。

那些水果都不是他去批的，因為積欠貨款，水果牌被停用，他只好向別人借牌，托別人幫自己批貨。不過別人分給他的，都是一些賣相不佳的水果。他也不太在意。

大唐還是會將水果擺上攤車上賣，他常坐在攤子後面的板凳上，一個人醉言醉語，醉倒了就啥也不管，直接趴在攤車上面睡，直到晚上八點清潔隊來掃街，把他趕回倉庫前。推車上的水果有時就這麼擺了兩、三天都賣不出去。

二〇一五年父親節當天，小唐打了一通電話給大唐，沒人接。

小唐掛上手機，立刻聽見租屋處窗外淒厲又磅礴的風雨聲，阿娟從停電的廚房裡端出一鍋泡麵走出客廳，看見小唐站在陽台前，擔憂望著外頭。

「有說到話嗎？」阿娟問。

小唐搖頭，走進屋內，準備吃午餐。

「大概是喝醉了，改天再打吧。」

「嗯，吃飯吧。」

才說完，貼上封箱膠帶的玻璃窗戶突然傳來碰一聲巨響。

阿娟和小唐嚇了一大跳，互看對方一眼——總覺得方才的聲響聽起來，像是有人在外頭用力拍著窗戶一樣。

兩天後，一台吊車開進永春市場。挾帶強風豪雨的蘇迪勒颱風過境後，許多樹木、招牌和路牌，甚至是交通燈誌，都被吹倒、吹壞了。

市場前端那棵樹齡五十年的老榕樹，也抵擋不了狂風侵襲，颱風離境不久後，這棵榕樹就轟然倒地。

龐然大物擋在路中間，影響市場做生意的攤販和附近居民的安危，尤其是這棵榕樹倒下的方向，正好硬生生壓扁了蓋在旁邊的木造小倉庫，附近攤販都知道，大唐平常就住在裡面，這兩天又沒看見他出現在市場，紛紛擔心地揣測他人該不是就被壓在樹底下吧？

不過大家都移不開巨大的榕樹，只好趕緊通知里長，里長很快請吊車來幫忙。

吊車一移開大樹，附近的男攤販立刻圍上前，合力移開木板——大唐真的就在最下面，他躺在地鋪上，身上還蓋著被子，大概因為泡了雨水，看起來浮腫，臉像是麵糰一樣紫白，不過表情卻意外安詳——他早已死亡。

一看見屍體，在場所有人顯得慌張，里長立刻打電話聯絡警察和救護車，先將屍體運走。而壓扁的木造倉庫和那棵五十樹齡的榕樹，又鋸又出動卡車搬運，足足花了兩天時間才清理完畢。

之後，大唐的死訊在市場裡傳了一陣子，那個攤位也空了一陣子。第一個月，房東出錢將攤位和倒塌的小倉庫重新整理過。第二個月，搬進一對中年夫妻，正巧也是賣水果而還兼賣果汁、現切水果盒。

外型精瘦的先生有副大嗓門，聽說之前一直都在高雄擺攤，早就在市場打滾好幾年，夫妻倆很快就融入新環境。

二〇二〇年，當大學畢業的小唐走進市場，已經沒有人認出他了。

阿娟後來用鄰居素瑾的水餃食譜，一開始在中和樂華夜市附近開了水餃店，有做店面和宅配。後來在朋友的介紹下將店面搬到饒河街，現在常常會來市場採買食材。

每次從市場回到去，她都會感慨地跟小唐說：市場裡的人換過一批，好多人都不認識了。不過，大概是在以前這裡生活久了，阿娟還是覺得來永春市場有種熟悉的親切感。

而小唐已經成為過客。他最熟悉的一切已經不在了。以前家裡的攤位現在站著新的攤販，榕樹早已被移除，兒時讓自己自由賒欠的幾個攤位，僅剩一、兩攤還在，顧攤的面孔是年輕而生疏的，應該是第二代的孩子了。

市場彷彿自有生命，裡頭的組成也有所變化，裡頭有些人在時間裡淘汰離去，後到的人自然補上。彷彿自成一個有機的生命體似的。而所有的移動與離去都成為碎片，沖淡在過客的記憶裡。

小唐用緩慢的腳步走在市場，走得很慢很慢，慢到彷彿能夠走進倒退的時光裡，走進遙遠的記憶，走進天真與憂慮並存的童年。他慢慢走到了阿公唐仔那台生鏽的腳踏車旁、跨坐上去，迎著已然逝去的風。然後小唐再繼續後退，後退到二〇〇七年那棵健壯的榕樹下，滿足捧起一碗淋滿糖水的冰仙草，聽阿公說著以前的故事。

那時候他的家人都在黃昏的市場裡。

蟬之夏

若蟲・一齡

一九八六年・台北

吳太太手上的嬰兒不停哭鬧著。

嬰兒約莫七、八個月大，被吳太太以兩手托抱住，為了不讓那鼻涕眼淚沾染到自己一身名牌洋裝，吳太太小心翼翼，以一種吃力的姿勢維持和嬰兒的距離。墨鏡底下，細細的眉毛正皺成一對不耐煩的波折。

嬰兒厲聲啼哭，脹紅了整張圓臉，引起經過路人陣陣側目，但吳太太目不斜視，只是抿緊薄薄的唇，腳下一雙細跟高跟鞋正不耐地敲擊路面。

她在路牌的指示下右彎，走了一段，立即瞧見巷子裡的某根電線桿旁，站了一對上了年紀的夫婦：灰粗的髮，背微微駝了，衣著樸素得像兩只灰撲撲的影子，在巷內晃動著、搓著手，不斷朝自己來的方向張望。

那是初升格為祖父母的闕爺爺和闕奶奶，很快他們也發現抱著孩子的吳太太。

吳太太在兩人面前停住，墨鏡下的面容冷淡。

夫婦兩人先不安地對望一眼，一起垂下了愧疚的目光，張開的嘴想說什麼，卻又乾又吶，發不出聲。

闕奶奶先怯怯地抬起頭，瞄向孩子的目光有掩不住的欣喜與渴盼，卻在一副墨鏡的睥睨下再度低下頭，緊扭的雙手放到大腿兩旁搓了搓，搓進一邊口袋裡，翻出一只皺皺巴巴、被折了又折的白色信封。

「這是我們夫妻倆湊的些錢，因為沒什麼能力，數目不大，更加不可能彌補你們受到的傷害，只是、只是我們二老的一點點心意。那件事，對妳、妳們……我們真的抱歉、真的抱歉……」

闕奶奶說著不禁紅了眼眶，她擔心被嫌棄似地忍住哽咽，夫婦倆都彎下腰鞠躬，愧疚的腦勺一同壓得低低的，只有拿著信封的手還顫巍巍地舉起。

嬰兒仍啼哭著，哭聲像要驚動了整條巷子。

吳太太瞧也不瞧闕奶奶手上的信封，只一個動作將手上的嬰兒塞進闕奶奶懷裡，中間兩人手指不經意相觸，她立即露出厭惡的表情，迅速將自己的手抽回，結果發現嬰兒還勾住自己的衣袖，她用了點力氣將那隻小小的拳頭從自己身上拔開。

察覺自己被移交到陌生人懷中，嬰兒哭得更大聲，闕奶奶連忙憐愛地哄著驚哭不休的孫子。

吳太太輕呼出一口氣，眉間的結如釋重負般鬆開。她整了整身上的衣裙、推了推墨鏡：

「錢不必了。你們清楚彌補不了，這事情是不可能彌補的。難道能回到原點嗎？死的人能活過來？事情能沒發生過？唉，拜託這孩子你們好好養了，可別再養出個敗類。」

吳太太的話讓闕奶奶羞愧得滿臉通紅，肩膀像躲避槍林彈雨般狼狽地縮著，她抱住嬰兒，手裡還緊捏著信封。闕爺爺被突然長出的皺紋重重壓住，整個人彷彿瞬間矮了幾公分，臉色和頭上的髮一樣，灰白得像石塊。

夫婦倆苦苦啞啞地接過話裡背後的所有憎厭。闕奶奶低頭看著還在哭泣的孫子的臉：

「孩子的名字叫？」闕奶奶問。

「滿日，滿意的滿，日子的日。」

「滿日、滿日啊……」

闕奶奶慈愛地撫順著懷中孫兒，喃喃唸著。

吳太太又向闕奶奶交代幾樣注意事項，最後看了襁褓中的阿日一眼，便讓細跟高跟鞋踩過遍布巷內的驚厲哭啼聲，沿著來路頭也不回離開了。

若蟲・二齡

一九九五年・高雄

照著警衛的指示，闕奶奶終於找到阿日的班級教室。

走進到門口，奶奶卻看見自己孫子舉高雙手，面對老師跪在講台旁。級任陳老師雙手交叉在胸前，正臉色凝肅瞪著阿日。

阿日旁邊還站一位同齡男同學，貌似被罰站，眼睛卻溜溜地轉，很快注意到站在老師後面的闕奶奶，小男孩怯怯地開口提醒老師：

「老師……」

陳老師轉頭，瞧見站在門口的闕奶奶，臉上露出驚訝且尷尬的表情。

「奶奶？怎麼突然過來了？有什麼事嗎？」

「老師您好——」

闕奶奶朝老師點頭彎腰，看著跪在地上的阿日，阿日看見奶奶出現也是同樣驚訝。奶奶靠近時心疼地注意到阿日眼睛鼻子通紅，左邊的臉頰也有大片紅腫的痕跡。

「是有點事想跟老師談……不過老師，我們家阿日怎麼了？他是不是做錯什麼？所以被老師您處罰。」

陳老師清了清喉嚨說：

「咳、今天滿日和這位男同學兩人惡作劇掀了班上女同學的裙子，好幾位女生難過得哭了，聽說是滿日帶頭的，所以我才特別管教——」

阿日聽見立刻委屈地反駁：

「奶奶，我真的沒有，是永杰帶頭，我跟在後面……」

「老師，可是我們阿日說他沒有帶頭……這、這是不是有什麼誤會？」

陳老師眼神不自在地閃了下，她放下環在胸前的雙手，換了站姿：

「滿日你先起來，永杰可以回去了。」

阿日慢慢地站起來，頭還是低低的。叫做永杰的男孩喔了一聲，走回座位背起書包便一溜煙跑走。

陳老師走近奶奶身邊，壓低音量說：

「奶奶，可能是有點誤會……不過我認為，孩子的品行、品德教育，我們做老師跟家長的從小就得嚴格教導、跟規範，長大才不會像——我是說……長大才不會容易走偏。」

闕奶奶一聽，臉上湧起一陣熱辣，像是阿日臉上的那枚巴掌甩向了自己臉上。她想起剛才走進教室見到的情形，老師對於兩位犯錯學生的處置，那非常明顯的落差。

今天是臨時過來被自己撞見，那在平日自己不知道的時候，阿日也常被這樣對待嗎？

闞奶奶臉頰脹紅，語氣顫抖說：

「老師，我們阿日雖然沒有很好的出生背景、我們家窮，我這老太婆年紀大識的字又不多，可是有些基本的道理，我們還是懂的……什麼叫做公平、不公平，什麼叫做給孩子一個平等的機會——」闞奶奶深吸一口氣，牽起阿日的手：「身為老師，這樣偏見對待一個才九歲大的孩子，他不會太無辜太冤枉了？」

陳老師被闞奶奶一席話講得無從辯駁，臉也微紅了，好半晌，才開口問：

「對了奶奶……您剛才說有事找我談，請問是？」

「我來接阿日回家，順便跟老師請假……」

阿日疑惑地仰望難得強勢的闞奶奶，不只因為奶奶剛說的話，跟她眼角的淚光，還因為她的手實在把自己握得太緊了，而那隻手現正微微地顫抖。

「阿日的爺爺住院，狀況不太樂觀。」闞奶奶說。

「奶奶，爺爺的病會好起來嗎？」

醫院的美食販賣樓層，闞奶奶和阿日坐在人不多的座位區。阿日滿足地吃著奶奶難得買給自己的冰淇淋。

聽見阿日的問題，闞奶奶臉色一下子憂愁起來。

「爺爺的胰臟毛病又復發，醫生會幫他治療的。」

闕奶奶這麼回答阿日，但臉上神情卻哀傷又茫然。她摸了摸正低頭吃冰的阿日，問：

「你們老師……常常像今天這樣『罰』你嗎？」

阿日搖頭，回答：

「有時候。」

闕奶奶聽見，眉頭皺起，盤算等阿日的爺爺情況穩定，還要再去學校和老師談談。

「奶奶，陳老師討厭我嗎？」

闕奶奶驚訝地看著阿日：

「胡說！誰說你們老師討厭你的？」

阿日仍低著頭吃冰，不過小小的臉顯得有些落寞。

「我自己感覺的，因為老師有時候會不耐煩，也會突然變得很兇。老師好像不喜歡看到我……」

闕奶奶摸摸阿日的頭，柔聲說：

「老師不是討厭你，是因為老師太忙了，一個人要照顧許多學生，有時候忙不過來，才會有點不耐煩……奶奶事情太多的時候也會這樣，對不對？」

但奶奶一次也沒對自己亂發脾氣過。雖然不完全相信，阿日還是乖巧地點點頭。

「如果下次老師又罰你，你要告訴奶奶，讓我了解發生什麼事。萬一有誤會，奶奶會去學校跟老師解釋。知道嗎？」

「好。」阿日一口一口吃著冰涼的冰淇淋，心底則因為知道奶奶會站在自己身邊，支持自己，而感到溫暖。

闕奶奶望著阿日乖巧聽話的模樣，心疼地抱了他一下。

「這種時候，真希望你叔叔也在，只不過他要忙著工作賺錢，也是沒辦法的事。而你爸……」

察覺自己說錯話，闕奶奶噤了聲，表情嚴肅起來。

阿日眼睛瞬間一亮，奶奶平常即少談起有關爸爸的事，他終於等到了機會。

「奶奶，我爸爸呢？妳只告訴我媽在生下我幾個月後生病死掉了，可是爸爸……妳沒說過他死掉，那他去哪裡了？」

奶奶見阿日小心瞄著自己反應的模樣，重重地嘆了口氣。

「是啊，總會問的，你想知道也是正常，現在不說的話，以後你只會更好奇吧？」

阿日專注地等待奶奶繼續說下去。

「其實，你爸爸……」

奶奶望著阿日背後，一幅掛在牆壁上的裝飾畫作，畫裡是一整片大海，和一艘小小的船。一片碧海藍天的清爽。

闕奶奶眼神顯得猶豫、遲疑，她停頓好幾秒，才說：

「你爸他……」

闕奶奶深深地吸了口氣，彷彿下了決心：

「他出海捕魚的時候不小心掉進海裡，失蹤了。你爸可能永遠不會回來了。」

阿日驚訝地望著闕奶奶。

闕奶奶說完，眼眶立即濕潤。見到奶奶傷心的模樣，阿日瞬間也感染了悲傷的情緒，自然掉下眼淚。

「奶奶……」

闕奶奶伸出粗糙的手幫阿日擦去頰邊的眼淚，看著孫子的眼神充滿不捨和抱歉。

「阿日乖，你知道每次問有關爸爸的事，奶奶會怎麼樣？」

阿日扁著嘴回答：「奶奶會哭……」

「對，阿日真聰明。爺爺和奶奶只要想到你爸爸，就會很傷心難過。所以以後，阿日不要再問爸爸的事了，好不好？」

阿日哭著點點頭。

「別哭，我們回病房看爺爺，晚上阿日想吃什麼？麥當勞？」闕奶奶站起身，牽起阿日，祖孫兩人慢慢往門口走去。

「我要兒童餐跟玩具……」被奶奶牽著的阿日，一手揉著哭過的眼睛，嘴裡跟奶奶撒嬌著。

「好……奶奶買給你。」

祖孫兩人慢慢離開醫院美食販賣部。

闞奶奶不知道，自己隨意編造的謊言，居然讓阿日牢牢記進心底。年幼的阿日還不懂得懷疑奶奶，他只單純接受奶奶對自己說的話，並在往後不能發問的日子裡，在這謊言上建構了更多屬於自己想像。

當晚在爺爺的病床邊，趴在地上的阿日，在白紙上也畫了一片大海。大海上面有一艘好大的船，船上站著一名水手。水手有黑黑的短髮、白白的牙齒，看起來陽光又帥氣。那是阿日心目中父親的形象。

阿日想：奶奶只說爸爸失蹤，並沒說他死掉了，所以爸爸有可能還活著，還活在這個世界上。也許有一天，他爸爸會從很遠的地方回來找他們：爺爺、奶奶和阿日，然後，他們一家團聚，過開心的生活。

這異想天開的想法大大鼓舞了年幼且寂寞的阿日，他開心地拿著兒童餐附贈的玩具船模型，抓著它航行在自己美好的想像裡，在畫紙上的碧海藍天，航行一圈又一圈，直到一旁的闞奶奶被吵醒，要阿日趕快睡覺，睡夢中的他仍緊握手中那艘小小的船隻。

幾個月後，在殯儀館的爺爺喪禮上，阿日終於見到許久不見的叔叔，以及奶奶口中那位「又美又有氣質」的嬸嬸。

闞家兄弟取名自「和平」二字。

跟阿日的爸爸，也就是「闕和」有關的一切，在闕家就像個斷然的句點。對於大兒子，闕老夫婦幾乎隻字不提，是能不談就不談，就算不小心聊上了，下一秒也會立刻噤口。之後就是統一的反應：闕爺爺嘆息、搖頭，端起桌上的酒一杯杯灌醉自己。闕奶奶未語眼淚先流下，嘴巴癟得死緊，連哭都不出聲。

但是，面對二兒子「闕平」，夫婦倆反應便完全不一樣。

平時三五天打一次長途電話，溫著聲噓寒問暖：吃飯了沒冷不冷忙不忙累不累多休息早點睡爸媽沒事都好你好好照顧自己。

有時在掛上電話後，還能聽見闕奶奶在鄰坊間驕傲地宣布：我家阿平大學畢業了，國立的。阿平考上會計師了、阿平進了間大公司、阿平女朋友是念音樂的，很有氣質，聽說鋼琴彈得很好。阿平長、阿平短……就連整天喝悶酒的闕爺爺，只要一說到二兒子阿平，一向愁著的臉也會露出驕傲而欣慰的笑。

闕奶奶常對阿日說：

「希望你長大有你阿平叔叔一半就好。」

但在九歲的阿日眼中，他覺得叔叔並沒有像奶奶說的那樣「好」。

闕平長年在台北念書工作，只有過年過節家逢大事時，人才會出現。他一百七十公分出頭，身材中等，外表斯文，戴副無框眼鏡，知識分子的模樣，話不多，笑起來有種禮貌性的距離感，目光時常冷冷地垂下，還特別地愛乾淨。

闕平回南部總待不超過三天，每次都像快要他的命，整個家他哪兒都看不順眼。用的不乾淨、吃的不衛生、床不舒服害他老失眠、交通不方便，讓他連買杯飲料都得騎車到市區去、熱水要熱不熱害他快得感冒……他不叨念自己的不滿，只是一對眉毛始終皺得緊緊的，打死結似的，不論老父老母怎麼巴結討好就是不鬆開。最後受夠了，他總會丟下一句：「台北還有事要忙，該回去了。」

這句話就像聖旨一般，具有絕對性的效力。闕老夫婦從不敢擔誤兒子口中的「正事」，只能一起站在車尾目送兒子離去，萬般不捨的模樣像兩個忠誠的老奴僕。

年幼的阿日看得出來，每次送叔叔離開後，爺爺奶奶的身影總是看起來更加寂寞，而且，連著好幾天都悶悶不樂。

這令阿日在直覺上對叔叔有著莫名的懼怕與疏離。

爺爺的遺體火化完之後，嬸嬸便說台北還有事先離開了。闕奶奶從頭到尾臉色蒼白、傷心地靠在她最引以為傲的小兒子闕平身上。阿日隔著一段距離觀察叔叔闕平。闕平眉頭鎖緊，不知道是因為父親的離世，還是對母親一直緊黏自己而感到不耐煩。

阿日當天一直在等爸爸出現，他將那艘玩具船模型放在褲子口袋裡，不時伸手進去，確認小船還在自己身上，整個上午不斷地用眼神尋找可能是爸爸的人出現。

但他還是失望了。奶奶說過，爸爸出海失蹤，他老是想像著爸爸會出現、會回來找自己。或許是那天奶奶在醫院對自己提到的爸爸的故事，反而帶給阿日一份渺茫的希望，在他小小的心靈種下一小粒期待的種子。

喪禮結束後，闕平叫了輛計程車送闕奶奶和阿日回家，和奶奶坐在後座的阿日，低頭有些落寞地看著自己手上的玩具船模型，不經意抬頭時嚇了一下——副駕駛座上，捧著骨灰罈的闕平叔叔正透過後照鏡專注地看著自己。

「叔叔？」

闕平回過神，對阿日笑了笑：

「好久不見，你現在長這麼大了。今年多大？」

「九歲。」

「九歲啊……長得真好，臉蛋真漂亮。」

「叔叔，漂亮是形容女生，我是男孩子，應該是帥吧？」

「喔，是啊，以後阿日長大一定會是個小帥哥……」

闕平將視線收回，轉向窗外。

阿日轉頭看闕奶奶，闕奶奶閉著雙眼，神情疲憊憔悴。阿日伸手握住奶奶的手，他看見奶奶原本緊閉的嘴唇顫抖，眼淚從她的眼角流下。

感染到奶奶的悲傷，上午分心注意爸爸動靜的阿日，對於爺爺去世的不捨和懷念突然從心底升起，這一刻他意識到爺爺真的不在，只剩下奶奶和他兩個人了。

阿日流著淚，將頭輕輕靠在奶奶身上。

若蟲・三齡

一九九九年・台北

「到那邊要懂事，別給人製造麻煩、對長輩要有禮貌——」

「奶奶，可不可以不要去？」

「都到這了，還說什麼！」

「我不能跟奶奶一起住嗎？」

祖孫倆正走往闕平叔叔的家。

升上國中一年級的阿日，聲音進入變聲期，身材和同齡的男生相比略顯瘦小，但站在奶奶身邊仍高出一截。

經過幾年，闕奶奶背又駝了些、頭髮更顯斑白，行動更緩慢。阿日走在闕奶奶身旁，自然地配合她的腳步，一邊同奶奶說話。

一想到即將要和奶奶分開，阿日非常不捨。

「又說這種話，都說過幾次了？奶奶再過幾年就要七十歲，沒那個能力賺錢供你念書。還有奶奶身體越來越差，家裡沒人能照顧你。」

「沒人照顧我，那換我照顧妳不就好了。」

「你照顧奶奶，哪還有時間念書？」

「那就不要念嘛……」阿日嘴上耍賴著。

「你——真是！」闕奶奶氣結，「要是有你叔叔的一半就好了。這次過去一定要你叔叔好好給你開導。不念書想學你爺爺當工地工人嗎？書讀好才能像你叔叔一樣，頭腦聰明、錢賺得多……」

「像叔叔有什麼好？他對妳又不好。」阿日小聲地說出自己心裡話。

「誰說的？你叔叔對奶奶可好，每個月給爺爺奶奶生活費，還願意將你接到他身邊栽培，哪裡不好？你叔叔只是忙……有能力的人都很忙的。」

阿日悶悶地看了奶奶一眼，不說話，閉著嘴巴聽闕奶奶絮絮叨叨細數闕平多好多好，沒多久就到了闕平叔叔的家門口。

阿日低著頭，不斷眨著紅紅的眼睛。

「哭什麼！跟著奶奶哪能成材……要跟著叔叔才有前途。」

闕奶奶摸摸阿日的頭，被那溫暖粗糙的手輕輕一撫，阿日眼淚便掉下。

他看著奶奶，奶奶也雙眼泛淚，捨不得地望著自己。

闕奶奶按下門鈴，將阿日送到門口，再次叮嚀他好好聽叔叔的話，便離開了。

阿日目送奶奶，一直到電梯將她老邁的身影給完全吞沒，才跟著叔叔走進背後的房子。鐵門關上。

阿日從沒住過這樣的房子。這裡像報紙雜誌上的樣品屋照片、像連續劇或電影主角們居住生活的地方，漂亮、乾淨，每件傢俱和物品給人一種高貴且井然有序的感覺。但或許整體的一切看起來過於完美，反而讓初來乍到的阿日自覺有些格格不入。他戰戰兢兢跟在闕平後面。

今天的闕平看起來比往常都熱絡，臉上掛著少見的親切笑容，帶著阿日參觀自己家。他們從玄關經過充滿現代風格的客廳、廚房，然後走向一條長長的廊道。廁所在這裡。闕平一間間介紹。左邊是自己的臥室和書房、右邊是太太的房間，旁邊還有間小小的練琴室。

這是你嬸嬸的地盤，隨便進去可是會挨罵的喔。闕平語氣輕快地叮嚀。

阿日疑惑地點點頭。不懂為什麼叔叔和嬸嬸的臥房不是同一間。

看穿阿日的疑問，闕平淡淡向他解釋：因為經常得工作到半夜，怕吵到隔天還要到學校教書的嬸嬸，所以有時兩人會睡各自的房間。

最後他們來到廊道盡頭處，闕平指了指面前的房門：

「這間客房一向沒人使用，以後你就住這。」

阿日走進自己未來的房間，比起叔叔和嬸嬸的，這間房間小了許多，有一扇朝屋外延伸成一小塊長方空間的鐵窗。這是他第一次擁有自己的房間。阿日將帶來的行李放在角落牆邊，便在床沿坐下發呆，感覺有股力氣自體內被抽出，又有陣陣的希望和期待填補進來。他想跟叔叔借電話打給奶奶，走到客廳，一看見桌上擺了兩盒冒著煙的披薩，雙眼立刻發直。

「你嬸嬸今天會晚回家，叔叔叫了外送，你在奶奶家應該很少吃這些東西吧？」闕平笑著說，「快過來吃，趁熱！」

阿日的確是餓了，而眼前的食物又是這年紀的少年所難以抗拒的，他瞬間拋開對新環境的不安與陌生，坐到闕平身邊，拿起大片披薩往嘴巴塞。

「謝謝叔叔。」阿日不忘道謝。嘴裡的美味讓他忘記了自己為什麼會不喜歡闕平叔叔。阿日突然覺得以前自己是偏見太深了，叔叔其實人不錯。

投入在搶攻美食的阿日表情滿足，沒注意到闕平在一旁緊盯的目光。

「你吃東西的樣子真可愛。」

「什麼？」

阿日還沒反應過來時，玄關突然傳來鑰匙開門的聲音。

林美佳走進屋內，看見客廳的闕平和阿日，微愣了一下。

「回來啦，很久沒見到阿日了吧？以後他會一起住在這裡，之前跟妳提過了。」

「嬸嬸……」阿日語氣生疏。

比起很少見面的叔叔闕平，阿日見過嬸嬸林美佳的次數更是寥寥可數。阿日第一次見到林美佳，是婚禮上，在阿日眼中，當時穿著婚紗的嬸嬸美得像模特兒、笑起來就像女明星一樣漂亮。但之後幾次見面，嬸嬸卻漸漸不怎麼笑了，臉色總是冷冷的、看起來很不開心。

阿日聽奶奶說過，嬸嬸在大學教書，他們全家都是學音樂的，所以嬸嬸也很會彈鋼琴。當初叔叔向嬸嬸求婚時，曾遭到女方全家人的反對，但嬸嬸堅持嫁給叔叔。嬸嬸一定很愛叔叔吧？

林佳美站在客廳，看著闕平臉上的笑、長相十分清秀的阿日和桌上狼藉的景象，冷笑了下，瞪著闕平的眼神瞬間帶著怒意。她凜著臉喔了一聲，便直直走進自己的臥室，碰地一聲將門甩上。

阿日被嬸嬸強烈的態度嚇了一跳，以為這是嬸嬸不歡迎、不喜歡自己的反應，沮喪地將手上的食物放下。

「不用在意，你嬸嬸不是針對你。」

闕平無所謂地笑了笑，轉身將手搭在阿日肩膀上。

阿日開始在闕平叔叔家住下。

叔叔比阿日預期中更照顧自己，而嬸嬸始終態度冷淡，就算同住一個屋簷下，也幾乎不交談。為此阿日覺得有些受傷、和更多的孤單。

他常常想念奶奶、想起奶奶對自己說過的話。他還想起九歲那年第一次搬家，之後他們又搬了幾次家。阿日想，其實這次也是一樣的，只是奶奶不在自己身邊。

剛進入青春期的阿日，早看透人與人關係間的某些本質，關於離別，他經歷幾次，自認為小有經驗。阿日希望自己能變得更加強大，因為他內心一直有個夢想：他要賺很多很多錢，要找回失蹤的父親，然後和奶奶三個人，快樂生活在一起。

叔叔的公寓內部裝潢高貴，不過其實外在是棟超過三十年的老公寓，緊鄰市場旁邊的大樓四樓。怕吵的叔叔將屋內所有向外的窗戶和落地窗門，加裝隔音較好的氣密窗。

公寓下方的市場叫做永春市場，除了早市，下午三點過後到晚上八九點，是更熱鬧的黃昏市場。每天下課放學，阿日還不想馬上回叔叔家裡，就會先在黃昏市場裡頭閒晃。

這個市場讓阿日想起和奶奶在高雄生活的日子。

阿日從小和爺爺奶奶住在高雄的右昌民營市場附近，爺爺身體還硬朗的時候，會透過朋友接些工地的工作做，而奶奶常會自己做手工饅頭拿到市場賣，賺點零用。阿日以前放學後有空就會去市場找奶奶，坐在她旁邊陪她將饅頭賣完。

阿日回想起那間二十坪左右的小公寓裡，每天阿日起床，就能聞到廚房的蒸籠裡傳來饅頭的香氣和油鍋煎荷包蛋的香味。奶奶會幫爺爺跟阿日準備饅頭夾蛋當點心。

爺爺雖然話不多，常愛一個人喝酒，但非常疼愛阿日。他每天騎摩托車載阿日去小學上課。沒有去工地的日子，還會載阿日去附近的圖書館看書、借書。爺爺和奶奶都認為多讀書是好事，只要聽說阿日考試考到前三名，就會請他吃麥當勞、喝可樂、吃漢堡。

有去市場陪奶奶賣饅頭的日子，有時候饅頭賣完提早收攤，在等爺爺來載回家的空檔，奶奶會牽著阿日，一老一小慢慢地逛著傍晚的黃昏市場。

右昌市場除了特別規劃出的室內市場之外，周圍的巷子也有許多攤販擺攤。這個市場位置離捷運口有些距離，相較於高雄其他更知名、常為外來觀光客所朝聖的「自由市場」，右昌市場是真正屬於附近居民的傳統市場。

或許也正因為地理關係、和景氣的緣故，闕奶奶常喊現在生意越來越難做。人口的流動和外移，加上少子化，右昌市場以往的「盛況」已經不在，許多流動攤販都選擇到人潮更多、更熱鬧的市場擺攤，或是乾脆收起來不賣了。

奶奶常跟一些年紀和她差不多、甚至比她更年長的攤販買東西。那些老人家賣的多是自己種的菜，數量不多、賣相也不如其他菜攤好，價格差不多，有時還稍微貴一些。

闕奶奶告訴阿日，幫他們買一點，這樣賣完他們也能早點回家休息了。

每次走在台北永春市場，看著攤販架起的塑膠傘，和一個一個挨著並排的攤販，那種雜亂的親切感讓阿日想起高雄那個有著奶奶身影的傳統市場。跟爺爺奶奶一起住的小公寓，不像叔叔家又大又乾淨。高雄的小公寓窄窄的、亂亂的，老舊的冷氣每到夏天總覺得不夠冷，爺爺奶奶賺錢辛苦，只勉強夠用。但阿日的生活都在那裡，最關心阿日的家人也都住在那裡。

……想到如今奶奶孤伶伶一個人住在高雄，阿日就非常捨不得。

放假無聊時，阿日也不特別想走出房間和叔叔嬸嬸拉近距離。他會打開氣密窗，爬上去，整個人坐在鐵籠似的小窗框裡，看著地下市場叫賣的攤販和流動的人群。

有一次，阿日在房間內聽見市場傳來歌聲，聲音成熟轉音優美，正唱著有伴樂的〈天涯歌女〉。

這首歌他聽奶奶用錄音帶放過，奶奶以前常常哼著唱。

這麼一想，阿日突然很好奇這位在市場唱歌的女歌手長得什麼模樣。他照樣爬上鐵窗欄往下一看，有些驚訝——市場前段的巷口附近，坐著一個異常矮小的身影，是名女侏儒歌手。

女侏儒歌手前方放著小型垃圾桶大小的塑膠桶，一屁股坐在厚紙板上，手上拿著麥克風，一旁有個放在推車上的行動伴唱機。裝備簡便但俱全。

女侏儒唱完一首歌，周圍的攤販都鼓掌叫好，幾名女性上前往塑膠桶裡投了錢，女侏儒歌手就用甜美的聲音說謝謝。

儘管市場是個流動的場所，但每個經過她的人都會緩下腳步，聽一聽她唱的歌。周圍的攤販簡直就像是先占領了搖滾區，讚賞的眼神都朝女侏儒歌手拋過去。

彷彿一場小型戶外演唱會的插曲，讓阿日覺得非常有趣。

下次打電話就跟奶奶說這個吧。阿日想。

然而來到闕平家的兩個禮拜後的某天發生一件事，令阿日他那對期待展翅、卻尚未茁壯的翅膀被折斷了。

那天阿日照常放學回家，原該是大人們都還在上班的時間，阿日卻驚訝地看見叔叔出現在自己房間，背對著他坐在書桌前的椅子上。

「叔叔？」

闕平轉頭看著阿日。

「過來，叔叔有事問你。」

這段日子少見的嚴肅語氣讓阿日緊張起來，他走到闕平的面前，莫名地感到不安。

「我問你，你有沒有拿你嬸嬸的戒指？」

「戒指？什麼戒指？」阿日瞠大眼睛。

「你嬸嬸平常戴在手上的結婚戒指，早上洗手前摘下來放在廁所的洗手台上——」

「叔叔，我沒有——」

阿日急忙辯駁，話來沒說完，闕平一個巴掌狠甩在阿日臉上，震得他耳朵嗡嗡作響。

「叔——」

阿日摀著被打的臉想解釋，闕平站起來又一個巴掌更用力地甩上。沒遇過這種事的阿日委屈害怕地哭了出來。

「嗚……」

「是不是你拿的？」

「真的不是我、我真的沒有……」

阿日縮著身體，懼怕地望著闕平。闕平居高臨下的目光讓阿日覺得自己像是誤觸蜘蛛網的昆蟲，弱小、無力，只能等待被宰食。阿日從沒那麼恐懼過，他哭著懇求叔叔相信自己，自己真的沒有拿走嬸嬸的戒指，他不會做那樣的事的，戒指的遺失真的和他毫無關係……不在他這裡——

事後，每個細節在阿日的記憶裡都是無法被刷洗、被遺忘的屈恥與噁心。

阿日先在闕平的指示下將書包的東西全倒了出來，他仔細翻找過一遍，告訴叔叔戒指真的不在他這裡——

「有沒有藏在身上？」

闕平要阿日脫下身上所有衣服，畏懼叔叔的阿日不敢反抗，照做了。

當闕平的手在阿日身體上移動，一種動物遭遇危險的本能讓他瞬間理解到事情的發展將比他想的更可怖，阿日開始掙扎，但隨即被闕平以更大的力量壓制。

中間他不斷哀求。他錯了。不要這樣。真的不是他。停止。拜託。對不起。都是他的錯。他哭泣、求饒、乞求、道歉……最後阿日發現唯一能做的就是等待，等待自己被當作禽獸發洩的過程結束為止。

隔天，當他終於鼓起勇氣走出房間，看見正在用餐的嬸嬸左手無名指上的鑽戒，還有叔叔若無其事的側臉，炎熱的天氣裡，阿日脊椎瞬間發冷，整個人忍不住顫抖起來。

他知道事情是怎麼回事了……根本沒有所謂戒指被偷這件事。

闕平看見站在一旁的阿日，端起面前的外帶餐盒對阿日說：

「我買了炸雞，你們這年紀的孩子好像都喜歡吃這些東西是吧？」

瞪著闕平那張過分親切的笑臉，餐盒裡冷掉炸雞的味道趁隙鑽進阿日鼻子，阿日突然感到一陣反胃，他摀著嘴衝進廁所，對著馬桶狂吐起來。

「嘔——」

林美佳憤怒地瞪了面前的闕平一眼，丟下手中的餐具，離開餐桌。

沒多久，練琴室傳出激昂的鋼琴聲。

浴室裡，阿日跌坐在馬桶前，冷汗鼻涕眼淚嘔吐殘液交布在臉上，在下一波反胃感來襲前，阿日虛弱地想：他被撕裂了。

而世界一點變化也沒有。

若蟲．四齡

那天之後，足足有一個月時間，阿日無法開口說話。

他仍勉強自己到學校，只為了減少待在闕平家的時間。有天他突然翹課，一個人跑去高雄找闕奶奶，不言不語只呆坐著，表情悲慘。闕奶奶以為他是剛轉學過去不適應環境，只勸他忍著、耐著，多聽叔叔的話、要乖要懂事。阿日聽了就掉淚，望著奶奶不停地掉眼淚。

奶奶，你的阿平……奶奶……

他不知道該怎麼告訴奶奶她心目中最驕傲的兒子強暴了自己？

最後闞奶奶打電話招來闞平，讓闞平帶阿日回去。

「好好念書，知不知道？要做個像你叔叔一樣的人，將來出社會、賺大錢——」

漸漸地，阿日連電話也很少打給奶奶。

夜晚是阿日最恐懼的時候。他總是做惡夢，夢見一個人甩了他耳光，甩了又甩，然後壓著他、凌霸他。他夢境的顏色總是黑漆，黑得叫他恐懼……他怕看得太清楚、也怕看不清楚。

每天晚上，阿日明明鎖上房門，他反覆檢查，有時從夢裡驚醒，他就再確認一遍，但那個人總會不時闖進來，把那些噁心的惡夢都成真了。

當然，因為這裡是他的家。

未成年的阿日寄人籬下，而闞平又是阿日的監護人，他斯文與菁英的形象太叫人信服。那令人作嘔的精湛演技讓阿日知道，自己只是頭年幼的困獸，弱小，又無力反擊。

那個人已經全面封鎖他所有的逃生出口。

除了第一次，之後阿日幾乎不再哭泣、不再求饒。

他漸漸學會把自己想像成一個漂浮的靈魂，自體內抽離，旁觀那個人彷彿浸爛的白饅頭般的軀體、像發情的公豬一般抽蓄的動作。

有時候，在床上的阿日會握緊拳頭，想像自己體內正蓄積著憤怒的能量，總有一天，這股力量會像炸彈爆裂開來。總有一天，他會殺了那個人！

阿日也開始發現那個人慣用的某種模式。那個人通常會找一個藉口，責罵、處罰阿日，好像都是阿日的錯，是阿日先犯下這些錯誤，才會遭到「懲罰」。而每次那個人對阿日進行「懲罰」時，阿日就會聽見嬸嬸走進練琴室，開始彈奏鋼琴。

有時阿日得依靠那琴聲讓自己抽離成靈魂，但絕大部分的時間，他恨透了鋼琴、恨透了音樂！

後來阿日知道，那是嬸嬸假裝自己看不見、也聽不見的避風港。

常常失眠的阿日開始在白天的課堂上打瞌睡。他變得沉默少言、獨來獨往，對人不笑也不搭理，雖努力運動，但身高卻一直沒有明顯的抽高跡象。

體型瘦小相貌清秀的阿日，開始被班上同學譏笑像女生一般，而這點阿日卻十分介意。同學們漸漸發現，阿日的個性像準備隨時將刺豎起的刺蝟，儘管是男孩們間嘻鬧的肢體碰觸，都能讓阿日回拳相向。久而久之，大家開始對暴烈焦躁、又敏感易怒的阿日敬而遠之了。

而這些日子，那個人不斷將他撕裂的傷，扳出一道鮮明的破口。終於有一天，他完完全全蛻去了純真的外殼。

若蟲・五齡

二〇〇三年

阿日的成績在國中時一落千丈，就連表現也每況愈下，最後只能選讀市內某所吊車尾的私立高中。

如今到了高中二年級，翹課、打架、抽菸、頂撞師長……壞事無所不包的阿日已經成為學校老師眼中的頭痛分子、訓導處的常客。他常和班上其他三位邊緣學生走得近，甚至被老師間諷稱為「四大天王」。

這四大天王分別是：林逵、許建章、陳紹文和阿日。

林逵綽號叫「壞水」，平時成績優異，但只要遇上重要考試就拉肚子的毛病，讓他老是和好學校無緣。頭腦聰明，卻常出餿主意鬧得班上不安寧。

許建章，綽號「章魚」、「色胚」，後者是因為他是班上男生間的A片供應商，平時就喜歡蒐集A片跟黃色書刊，滿口低級的黃色笑話。

陳紹文，「肥紹」，過胖的體型讓他常遭同學嘲笑跟排擠，平常最喜歡窩在房間玩線上遊戲，父母是知名企業高層，家裡超級有錢。自卑的紹文總是花錢換取友情。

至於阿日，三天兩頭鬧事，再加上大家常將他的姓唸成「ㄑㄩㄝ」音，久而久之大家都喊他叫「缺德」、「阿德」。

阿日認為，他們四個人與其稱做朋友，不如說是同伴來得恰當。因為融不進班級這個大團體，所以才相互靠近、共同進出的「同伴」。

這天放學，壞水突然神祕兮兮地挨近阿日身邊。

「喂，你要的東西。」

壞水從包包拿出一個長條型包裹，丟給阿日。

「快收起來，被看到可是會退學的。」

阿日聽到壞水這麼說，眼睛一亮。

「東西到囉？」

「嗯，用了點方法才買到的。你不過要這個做什麼？彈簧刀在校學是違禁品耶。」壞水壓低聲說。

阿日掂了掂手上的包裹，給了一個避重就輕的回答：

「保護自己、對付壞人囉，難道拿來切菜？」

「喂，小心點，別玩得太過分。」

「知道。」阿日對壞水笑了笑，「謝啦！」

「晚上要不要去紹文家？章魚也會去。」
「今天要去找我奶奶，下次吧。」阿日將彈簧刀放進書包，準備離開。
「對了，聽說你叔叔下午來過學校。」
「我叔叔？」提到那個人，阿日眉頭立刻皺緊。「他來幹嘛？」
「還不是因為昨天那件事……」
「蕭忠偉？」
昨天中午休息時間，平時沒什交集的蕭忠偉突然站在阿日座位旁，表情不善。最近蕭忠偉被隔壁班的女生甩了，沒多久那女生又放話說喜歡阿日，成為了兩個班級間沸沸揚揚的大八掛。蕭忠偉認為自己會和女朋友分手的原因，都因為阿日橫刀奪愛。
「有什麼屁快放，別吵老子看漫畫。」
「搶人家女朋友很有趣是不是？」
「拜託你有病快去掛急診。我連你女朋友是圓是扁都不知道，怎麼搶？」
「不知道？前兩天我明明看到你在吃她做的餅乾。」
阿日想了想，喔了一聲：
「是她喔。因為那時候肚子餓才吃的，說真的做得沒多好吃……如果我早點聽到八掛，當場就會告訴她我對她沒意思的。我可以繼續看漫畫了吧？」
附近幾個看好戲的同學忍不住笑出聲。蕭忠偉當場滿臉通紅，表情難看。

「死娘砲！」

阿日丟下手上的漫畫，抬頭瞪著蕭忠偉。

「你有種再說一遍。」

班上同學都知道身高不高，長相俊秀的阿日最討厭別人說自己「娘」，蕭忠偉故意刺激阿日。

「長得這麼漂亮該不會是Gay吧？難怪那麼多女生你都不喜歡，原來比較喜歡含老二。」蕭忠偉說完，還用手比了個下流的手勢。

「幹！閉嘴！」

這句話完全踩足了阿日的底線，他氣紅眼，一腳踹翻面前的桌椅，二話不說跳到蕭忠偉身上，瘋了似地一陣狂打。

沒多久，看見幾乎昏死的蕭忠偉滿臉鮮血，同學們驚呼聲四起，阿日才被壞水和章魚兩人硬從蕭忠偉身上拉開……

「聽說蕭忠偉現在還躺在醫院，他家人好像打算告你。欸……就算他說話難聽，你也未免打得太狠了。」壞水說。

阿日嘖了一聲，就這麼回家，那個人絕對會抓著這機會欺負自己。

「回去！」

闞奶奶一看見又跑回來找自己的阿日，立刻說：「你叔叔早打電話來過，說如果看到你絕不能留你下來。快回去！不然我打電話叫他來接了。」

「奶奶……」阿日央求著闞奶奶。

「你怎麼會變成這樣子？把人打進醫院這種事都做得出來？趕快回去跟叔叔道歉，說你會反省、下次不會再犯！」

「奶奶，我真的不能回去，今天就讓我留在這裡啦。」闞平那個人絕對不會放過他的！

「不行，我看還是轉學好了。你叔叔說你在學校交了幾個壞朋友……明天、明天請你叔叔先帶我們去跟對方道歉，然後再……」

「每句話都是叔叔、叔叔……那個人就那麼好嗎？」阿日冷哼。

「那個人？」闞奶奶瞠著老花的眼望著阿日，「你叔叔哪裡不好？他供你吃、供你穿、供你住、供你讀書上學，還要三天兩頭替你擦屁股。你知道你叔叔一天到晚為了你有多操心嗎？還不知道感恩……難道他欠你是不是？唉呦——」闞奶奶恨鐵不成鋼，兩隻手心痛地拍擊著阿日的背，一下又一下。

阿日握緊拳頭，忍住想脫口說出真相的衝動。

「反正每次奶奶都是站在那個人那邊……奶奶如果真的為我好，當初就不應該把我送到那裡去。如果奶奶真的為我好的話，就應該把我爸找回來！」

「你這孩子說什麼？」闞奶奶聽見阿日的話，嘴唇突然慘白。

「奶奶為什麼這麼偏心？明明有兩個兒子，只關心那個人，不關心我爸。我爸只是失蹤，又不是死了，為什麼妳要假裝我爸不存在？」阿日將心裡的埋怨低吼出來。

「原來你還記得……」闕奶奶喃喃地說，眼眶發紅。她望著牆壁上闕爺爺的遺照，心裡知道，事情是不可能再瞞了。

闕奶奶不發一語地走進房間，摸摸索索一陣。

「我是假裝你爸不存在，因為我寧願你像你叔叔的一半，也不願意你有一丁點你爸的影子！」

闕奶奶將一張發黃的舊報紙丟在桌上。阿日走向前，看見那張報紙，腦袋瞬間炸開來。

「我跟你爺爺希望你能跟別的孩子一樣，普普通通地長大成人。那時候你年紀太小，我們不知道怎麼對一個那麼小的孩子開口，最後為了你好，才決定瞞著你。至於你爸——這麼多年來，我和你爺爺就當死了個兒子……」闕奶奶哽咽地說。

阿日多年的執念跟真相，發黃地擺在眼前，他瞪著報紙上的標題，像那是一則謊話般直瞪著它。

連續強暴犯終於被擄　婦女：希望他關到死

標題下一張較大張的照片，一個體型瘦小的男人頭低低的，眼睛部位被打上黑條，只露出尖尖的下巴跟鬍渣，男子雙手被手銬銬住，正由兩邊的警察進行押送。

「最底下那張照片就是你媽。」

阿日不自覺用力捏住報紙，仔細看那報導最下方，一張小小的女人的大頭照，眼睛部位同樣被打上黑條，但露出的輪廓和其餘五官看得出女子容貌相當秀麗。底下註明：受害人莊姓女子。

自從被那個人撕裂的那天起，阿日就不允許自己像個懦夫孬種一樣掉眼淚。但此刻眼淚卻無法遏抑地從眼眶流下，阿日緊捏手上的報紙，真實的繩索勒緊他的脖子，腳下的地板突然溶成一片黑暗漩渦。

阿日的腦袋一片痲亂，但很多事情同時也清楚起來……十七年來在他心裡不斷累積的疑惑，與許多的不解片段，包括他們搬家的真正原因，為什麼家裡沒有一張父親跟母親的照片？為什麼鮮少跟親戚往來？那些人……師長、鄰居、同學的家長，那些隔著距離打量的眼神、輕蔑的目光、畏懼與隔離的舉動……這些細瑣而微小的碎片經過真實的黏合逐漸完整，再無矛盾之處。

空氣中只剩下他和奶奶兩人的低微哭泣聲。

阿日看著手上的報紙。

「可是，奶奶……我寧願妳一開始就告訴我，這樣的話，我不會覺得自己跟別人是一樣的，我不會覺得自己並沒有什麼不一樣……我就不會……」阿日低著頭，豆大的眼淚打在他手上的報紙，淋濕了照片中的男人。

「我寧願奶奶告訴我，讓我一開始就知道，別人是怎麼看我的。」

阿日啞聲說完，看著哀切哭泣的奶奶，抓著報紙頭也不回走出奶奶家。

阿日不知道自己怎麼回到台北闕平家，他迷迷糊糊回到自己房間，躺在自己床上，像一團爛泥攤著。

突來的真相令人難以負荷，而顯得不盡真實。阿日覺得現在的自己和上一秒已全然不同。他正為自己的未來感到迷惘時，闕平突然打開房門。

阿日立刻坐起身，表情警戒：

「你進來做什麼？」

闕平看見阿日放在書桌上那張舊報紙，表情似笑非笑：

「你奶奶剛才打電話來。」

闕平朝床走近，阿日怒視著他：「你做什麼！出去！」

「媽叫我要好好安慰你，」闕平一邊說一邊解著褲子皮帶，「看不出來嗎？」

「幹！你他媽變態！」

阿日從床上跳起，衝向闕平，卻被闕平抓住，朝後方用力甩。阿日整個身體撞上書桌，嗚一聲趴伏在地上，桌上的物品和書包連帶被掃落，散了一地。

突然，阿日看見書包口處的彈簧刀，眼神露出兇光。

「不是一直想找爸爸嗎？怎麼，失望了？讓叔叔看看……」

「我要殺了你！」阿日從地上爬起，手握彈簧刀，往闞平刺去——

林美佳一回到家，立刻聽見一陣淒厲的慘叫。

「啊——」

阿日慌張地從屋裡衝出來，林美佳看見他身上血跡，驚叫出聲。她雙腿一軟，當場跌坐在地上。

驚惶地望著兩手和衣服上的鮮血，阿日拿起椅子上闞平的西裝外套，拔腿奔出闞平家。

「怎麼辦？怎麼辦？嗚……」

阿日一直跑、一直跑，瘋子似的，在炎熱夏夜裡穿著長袖外套，每個釦子都緊緊扣上了。他一邊抱著頭哭哭叫叫地在街上拔足狂奔，隨機似的左彎右拐，像深怕誰在後面猛追上來，將他抓住。

阿日跑進一座公園，閃進公廁裡。他早將手上的血都抹拭在深色外套上，但還是打開水龍頭，使勁地搓著手，對著鏡子擦去滿頭冷汗和髮間不小心沾上的血漬。

清理完畢後阿日左右張望，確定附近沒人，才小心翼翼地解開外套，裡頭白色制服上大片的鮮紅怵目驚心。那血的味道阿日受不了，他想起方才手上的彈簧刀刀刃劃過闞平，戳進他的皮肉裡，血液瞬間就像破掉的水球，噗噗地不斷自大腿流出，然後是殺雞般的慘叫聲——

闞平會不會出事？

阿日整晚胡思亂想，害怕得止不住顫抖。

隔天一早，阿日偷偷跑到闕家樓下附近觀望，沒發現任何異常動靜，嬸嬸一如往常出門，反而平靜得像什麼事都沒發生過。他用西裝口袋裡的錢買下所有當天報紙，一一仔細翻閱，也沒看見任何相關新聞。直到接近深夜，才看見嬸嬸一個人默默地走回家，臉色疲憊，阿日猜測她是到醫院照顧闕平了。

看來他們沒有報警。

這下子終於肯定的阿日大大鬆了口氣。

也對。阿日心想：以那個人的個性，絕對不敢告訴任何人自己受傷的真正原因，恐怕是在心裡氣炸了，對外也會替他編個謊話搪塞過去吧。

想像著闕平內傷的模樣，阿日得意地笑了。

阿日知道，闕平之後絕不可能放過自己的，但他必須得再回去一趟，那張印有媽媽照片的報紙還在屋裡。

第二天，阿日看著嬸嬸出門後，偷偷溜進公寓。他憑著記憶在鞋櫃間摸索著備用鑰匙，卻遍找不著。

難道換位置了？

阿日才這麼想，背後的電梯門突然打開，他轉頭驚見親眼確認外出的嬸嬸去而復返，站在自己面前。

林美佳淡漠地望著阿日，彷彿早就知道他會回來。

「我……來拿我媽照片。」阿日不安地說。

林美佳恍若未聞，從包包拿出鑰匙打開門後逕自往裡面走，留下半開的門。阿日在門外站了一會兒，也跟著走進去。

阿日進屋後，看見嬸嬸坐在餐桌前，眼神沒有焦距地朝向前方，表情還是淡薄到接近冷漠。阿日突然明白這是一種默許，他安靜地經過嬸嬸，走向自己房間。

林美佳耳邊彷彿聽見如洪瀑般傾洩而出的旋律，悲憤而激昂的音響，如急雨般驟下，也如跌宕的浪，一下將人高高提起，下一秒又化成漩渦要將人沉沉吞噬……

是蕭邦的〈革命練習曲〉。

這首曲子被無數次彈奏過，在一間小小的房間裡，一位妻子在鋼琴上以全身力氣掩飾自己醜陋的婚姻真相。林美佳想：自己成為幫兇的同時，誰能說她不也是個受害者呢？闕平，那個在法律上稱為丈夫的男人，或許早在追求自己時，就將她好強驕傲的個性算計在內，知道她無論如何，都會努力維持這段外人稱羨的婚姻表象。

「沒傷到動脈，所以沒有生命危險，以傷口的位置來說算是幸運了。」聽見醫生這麼說的時候，林美佳沒有絲毫幸運與慶幸的感動，相反地，一想到還要跟那個男人繼續生活下去，她就厭煩得無法忍受在醫院多待一秒。

然而當她此刻坐在這裡，仍決定為了自己薄紙般易損的虛榮，留在他身邊。

她才發現自己和那個男人其實一樣可悲。

阿日背著包包從房間走出來。他的東西不多，印有母親照片的舊報紙、一把防身的彈簧刀、所剩無幾的零用錢和幾件常穿的衣物。

阿日面前經過林美佳時，聽見她開口對自己說：

「雖然以他的個性會對外掩飾，但這裡你是待不下去了，你知道他不會就這麼算了。」

阿日看了一眼和方才維持著同樣姿態的嬸嬸。

「我不會再回來了。」

「玄關櫃子上有些錢，你拿去用吧……還有，對不起。」最後的道歉，林美佳用很輕很輕的聲音說。

背對著她的阿日聽見了，拿著錢的手不自覺緊握。他不發一語地打開門走出去。

就好像每次那個人欺上自己時，嬸嬸走進琴房的動作。

打開一扇門，通過它，再緊緊地闔上。

或許認為這樣就能抵擋門板後面所有可怕的事吧？

離開闕平家經過市場時，阿日再次聽見耳熟的歌聲。他轉頭看見五年來偶爾能從自己窗戶看見的侏儒女歌手，此刻坐在地上，她正唱著黃韻玲的〈憂傷男孩〉。阿日走到女侏儒的面前，專注聆聽那異常嬌小的身軀裡，有那麼充沛的能量，能夠唱出帶給人力量的溫柔歌聲。

在二〇二〇年街上，聽見一九八六年的流行歌，歌詞內容彷彿正為阿日打氣加油。

聽完歌曲，阿日走到女侏儒歌手面前，彎身投下錢。
抬頭時，望進女歌手溫柔的眼睛。
「謝謝。」她說。
「謝謝妳。」阿日點頭，離開了市場。

成蟬

離開叔叔家的阿日，突然對自由有了新的定義。
現在的他，算是自由了嗎？
剛才從他覺得全世界最骯髒噁心的地方逃脫，下一秒卻因為眼前太過廣大的空間場景、與令人眼花撩亂的選擇項目，那內心難以言喻的、對於獲得自由的激動，瞬間成為四處潰散的花火，經過極短暫的絢爛後，世界又恢復為一片平常。
阿日走出闕平家樓下，站在人車往來的路口，一時間迷路的茫然感由心升起。
現在呢？他問自己。
接下來該怎麼辦？

回答阿日的，是馬路上汽車的引擎聲、煞車聲，從對面人行道湧向自己的、面無表情的人潮，以及由背後繞過自己、朝對面走去而貌似各有所歸的行人。

轉角的銀行、同排的便利商店、麵包店、速食店、手搖飲料店……這些他每天必經的店家及路線，都顯得陌生起來。

對一直渴望自由的阿日來說，他以為自由是歡動的、無法被拘束的，自由是一種勝利，獲得自由，人等於擁有快樂。不過現在，阿日卻有了收到的實物與商品圖片不符的錯愕。

阿日聯想到曾經上美術課和作文課的時候，偶爾老師會訂下「無題」這類沒有題目的題目，讓學生自由發揮。每當這種時候，阿日面對著一張完全空白的圖畫紙，或翻開作文簿未被書寫過的內頁，他發現自己心也是完全空白的。貧瘠得沒有任何想法跟念頭，就算使勁地擠出一點什麼，也會立刻被眼前的白淨所吞噬掉。

就像現在，站在十字路口的他，連該左轉右轉、向前向後走都沒有主意。以後呢？今晚睡哪？等下往哪去？

原來自由是無法駕馭的空白。這幾天發生的事情太多、太亂，當他終於能夠逃離闞平那個人的控制，對未來的期待卻也不知該往哪投擲了？

阿日抬頭望著行道樹被微風吹擺的枝葉，突然了解：以前自己希望能像風一樣自由，或許是因為風無法被任何人抓住吧。

唯一清晰的念頭終於出現：他肚子餓了。

阿日不想繼續在闕平家附近徘徊。他走向距離最近的公車站，上了第一班在自己面前停下的公車。打算找個看似熱鬧的地方下車，填飽肚子。

「怎麼那麼多天沒出現？」手機那頭壞水對阿日說。「老師到暑假前一天還跟我們還問起你，說你們家電話都沒人接。」

阿日用肩膀推開速食店大門走了出去，一邊講著手機，一邊吃著手上的冰淇淋。

「唔……是有點狀況。」

「狀況？還好吧？」

「還好，沒事。我離開我叔叔家了。」阿日輕描淡寫說。

「啊？那你現在住哪？」

「這幾天在網咖跟漫畫店——」

「哈哈——」

「樂樂！」

阿日聽到笑聲和一陣驚呼，一個人影突然朝他撞過來，手中的手機掉在地上，聊到一半的對話中斷——阿日低下頭，看見整坨冰淇淋像油漆般沾在自己衣服上。

撞到阿日的女孩，也因為重心不穩跌在地上。她的朋友見狀立即過去將她扶起。

「樂樂！有沒有怎樣？」

地上阿日的手機響了，阿日將手機撿起，看見螢幕上顯示壞水的來電，他才要接通，另一頭的壞水卻掛斷了。阿日打算回撥，突然聽見旁邊有人問他：

「沒事吧？」

阿日轉頭看見那位撞到自己的女孩，她在朋友的幫忙下站起身，看起來並沒有受傷。

阿日轉回視線，低頭在手機上按了幾個鍵。

「嗯，手機應該沒事。」

叫做樂樂的女孩，見到阿日身上沾滿冰淇淋的慘況，立刻向他道歉：

「對不起……剛才顧著聊天沒有注意前面，真的很抱歉！我、我賠洗衣費給你好嗎？不過應該賠多少呢？三百？五百？」

樂樂一邊說，一邊打開書包低頭翻找錢包。

「樂樂，妳今天錢包不是忘了帶嗎？」一旁的同學小聲提醒樂樂，不過還是被阿日聽見了。

「啊……」這才想起來的樂樂臉尷尬地紅了，她從裙子口袋掏出幾個銅板，不好意思地望著阿日。「那、那我……」

本來就沒有打算計較的阿日，看見樂樂誠懇的態度，心更軟化了。他反過來安慰樂樂：

「不用了，這件衣服很便宜。我背包裡有乾淨的衣服，等一下找個地方換就好了。」

阿日朝樂樂點點頭，便繼續往前走。他走到一個公共垃圾桶旁，將手上半截甜筒丟掉，再拿出衛生紙將身上的冰淇淋擦拭抹淨。簡單地處理完後，他才拿出口袋裡的手機撥通。

「剛才怎麼了？」壞水一接起電話就問。
「被人撞了一下，手機掉在地上。」
「撞你？」壞水說，「那個人有沒有受傷？你沒把對方打到住院吧？」
聽見壞水的話，阿日忍不住失笑。
「呿，對方是女生，你知道我不對女人動手的。」
「女生嗎？」壞水突然提高了聲調，「正不正？身材怎麼樣？看起來大概幾歲？」
「靠，你被章魚傳染喔。」
阿日說，轉身時突然看見樂樂手裡拿了支冰淇淋，從不遠處朝自己小跑過來。
「哈哈——肥紹說你在追的那套漫畫最新一集出來了，快點過來吧，我們都在他這。」
「喔、喔，知道了……」
阿日結束通話，愣愣地看著跑向自己的樂樂。陽光下的她一身白衣藍裙夏季制服，隨跑步擺動的馬尾，以及因流汗而緊黏在紅撲撲兩頰旁的髮絲。
望著樂樂，阿日回想起方才壞水問自己的一連串問題，他想已有了答案。
正。
身材很好，腿很細很長。看起來年紀和自己差不多。
另外還要補充的是：她的眼睛又圓又亮，笑起來很可愛。綁起馬尾的髮型非常適合她，整個人看起來純真、自然、又有些男孩子氣的活潑。

「我想了想——」

一直到樂樂開口說話，阿日才發現自己盯著樂樂看呆了。

「——就這樣讓你離開還是覺得很不好意思。」樂樂將手上的冰淇淋遞給阿日。「抱歉，身上的錢只夠買這個而已。要融化了，快吃吧！」

笑著朝阿日揮揮手，樂樂轉身跑向朋友身邊。

阿日看到她包包上掛著的吊飾掉落地上。他彎身撿起，但樂樂已經跑遠。

「喂、東西掉了——」

他對著和朋友們漸漸走遠的樂樂喊著，遙遙望著她一面說說笑笑的側臉。

那吊飾整體由一串銀鍊所組成，其中一條銀鍊下掛著一彎巴掌大的銀色半月，其餘的鍊子則連接好幾顆中間空鏤空的小星星，輕輕搖晃時，整串會一起發出清脆的互擊聲。

樂樂。

阿日在心裡默默唸著下午那個女孩的名字。

她發現自己的東西掉了沒有？

很難說……她個性好像有點迷糊。

要不明天給她送去？

……會嚇到她嗎？

阿日反覆端看吊飾，發現那片金屬月亮的背面，刻了兩個小小的字：「暖月」。

這是什麼意思？

「在看什麼？」

章魚的聲音突然從旁邊竄出，中斷阿日思緒，他連忙將吊飾收進自己口袋。

「幹嘛？」

「換你打牌了幹嘛，在看什麼東西這麼認真？」

「沒什麼。」

阿日、肥紹、壞水和章魚四個人圍在肥紹家客廳玩撲克牌大老二。

肥紹的父母親又到國外出差了，於是照例，肥紹家又成了四人聚會的大本營。肥紹家位於台北市高級住宅區，住的是五十坪以上的豪宅，家裡有放映室、遊戲室、健身房、像間小型漫畫店般的書房，又鐘點幫傭伺候。對於家境普通的其他三人，這裡簡直是天堂般的樂園，再加上體重將近兩百公斤的肥紹平時不愛出門，久而久之，這裡自然成為四個人玩樂和聚集的地盤。

阿日端詳了手上的撲克牌，抽出其中兩張往桌上丟。

「好了，換你。」阿日對肥紹說。

「欸，你真的離家出走囉？」肥紹一邊丟出牌，一手拿起桌上的洋芋片往嘴裡塞。

「喔。」阿日看著手中的牌。

「打算什麼時候回家？」章魚問。

「白痴喔，既然出來就不打算回去那個鬼地方了。」

「不回去？那開學之後勒？」壞水抽出五張牌，放到桌上。

「再說啦！對了，最近幫我注意一下打工機會。」阿日說。

「打工？」不知貧窮為何物的肥紹驚訝地看著阿日。

「你要打工啊？」章魚問。

「對啊，不要叫我簽什麼家長同意書的那種，什麼工作都行——大老二！」阿日手上的牌全數脫手，成為第一位勝利者。他得意地笑了笑，便端起面前的那碗麵，低頭呼嚕呼嚕大口吃了起來。

阿日感覺到他們三人正默默朝自己打量的目光。

壞水他們一直都知道阿日和住在一起的叔叔關係極差，卻從不清楚真正的理由，因為感覺到阿日避而不談的態度，於是也都心照不宣地不多過問。

過去阿日很感謝這份尊重，然而此刻相同的狀況，不知道為什麼，卻讓他倍感寂寞。明明一開始先拒絕被關心的，可是他自己……

他們四個人是同伴，一起擺脫在團體裡的孤獨感的同伴。

但是如果他們成了真正的朋友，是不是他就能坦然說出自己遭遇的一切？是不是——他們也能更直接地把關心問出口？

「咦？」章魚突然想到什麼似的，叫了一聲，「我想起來了——」

「什麼？」

其他三人看著他。

「工作啊，而且是跟別人打架就能賺到錢的工作？」

「你說真的還假的？」壞水問。

「真的啦！」章魚說，「上個月我當混混的國中同學問我有沒有空，說要不要去幫他們打群架。」

「打群架？」肥紹問

「就是幫黑道打架啊。」

「那不就是當黑社會小弟？很危險耶。」

「欸，不是真的加入幫派啦！」章魚解釋：「是幫忙湊足人數打群架，有點像是臨時演員那樣，做做樣子而已！他們也是很講究門面的，萬一看起來人數比對方少，那多沒面子！而且給錢很大方，雙方沒動手五百，有動手一場一千起跳，受傷還有補貼！」

阿日聽見，眼睛微微亮了。

「聽起來還是覺得怪怪的，你後來有去嗎？」壞水問。

「喔，那個喔……」章魚不好意思地抓抓頭，「後來我家裡有事，所以——」

「靠！說了半天說假的，你根本自己也不敢，對吧？」

「不是啦！你們也知道我對打架一點興趣也沒有，啊如果是打手槍就不一樣了……」

「打你媽啦！」

「章魚，你可以再幫我問你那個同學嗎？」阿日突然開口。

「喂，你不會是認真的吧？」肥紹和壞水驚訝地看著阿日。

「如果是做做樣子、打打架，我很在行啊，而且這麼好賺，為什麼不試一下？」

「你要不要再考慮一下？萬一出事……」壞水語氣擔憂。

「放心啦，我會小心看著辦的。」阿日安撫壞水。

他的新生活，現在才開始。雖然不很知道之後該何去何從，但新生活裡的一切，都是需要錢的。

「章魚，麻煩你了，有消息再告訴我。」阿日說。

章魚大方地應允，突然他拿著筆電，賊兮兮地說「新貨」到，壞水和肥紹聽見，立刻像公狗遇上母狗一樣，興奮地黏上去……

坐在一旁的阿日心裡知道：自己其實不會再去學校上課了。他有些不捨地望著眼前打打鬧鬧的三人，然後又從口袋拿出樂樂的吊飾，靜靜地看了好一會。

連續四天，阿日彷彿跟蹤狂跟著樂樂。

第一天，他站在學校附近某棵行道樹下的陰影。三十多度的高溫令阿日汗流浹背，他一再撥去自額頭滴落的汗水，一邊張望、注意著校門口的動向。

沒多久，樂樂終於走出校門，和一位女同學有說有笑地朝阿日的方向走過來。阿日手上抓著那串吊飾，看見朝自己逐漸走近的樂樂——粉紅色蘋果般的臉龐，頸後隨著交談輕輕甩動的馬尾和幾縷落單的細髮，細緻的脖子上的汗水，在陽光下閃閃發光……莫名地，阿日內心的緊張感陡然竄升，腦袋空白起來，忘記原本準備好的說詞，並做出連自己也不懂的事情——在樂樂將要經過自己時，轉過身不讓她看見。

明明只是想將那串吊飾交還給她而已。

錯過最自然的機會，阿日只能懊惱地繼續跟在樂樂身後。他想找尋適合的時機，或許再度製造某種巧遇，或許就這麼直接地叫住她……有幾次阿日伸出的手就要點上樂樂的肩膀，卻又被自己某種彆扭緊張的情緒阻止了。

他不會承認那是一種接近害羞的感覺，要是被章魚他們幾個畜牲知道，肯定整個暑假都會拿這來取笑自己……

一邊注意樂樂動向，阿日在胡思亂想之際，跟著道別同學的樂樂搭上同一班公車、跟著樂樂在某站下了車，看著樂樂走進某門口貼滿榜單的升學補習班……

最後手中仍拿著那串吊飾的阿日只能心想：還是明天再還給她好了。

持續到了第四天，因為樂樂的迷糊個性，阿日反覆彆扭的心思與行為才意外有了突破口。

這天下車時，樂樂發現自己的錢包留在學校了，身上沒有票卡也沒半毛錢，她尷尬又不知所措地站在前門，正想硬著頭皮向司機道歉，突然後面有人幫忙投下車錢。

樂樂轉頭看見幫自己解圍的阿日，立刻脫口喊出：「……冰淇淋？」
聽見樂樂還記得自己，阿日心裡自然有些開心。兩人一前一後地下了公車。
「謝謝。」樂樂說。
「喔。」
阿日站在路邊，心裡正想如何將吊飾還給樂樂，卻聽見樂樂又開口了。
「那個……」樂樂說：「可以再跟你借一百塊嗎？」
阿日轉頭看著她微紅的臉。
樂樂不好意思小聲地說：「我肚子餓了。」
阿日望著樂樂，突然放鬆地笑了出來。
「其實……我也是。」

阿日和樂樂坐在簡餐店，面對面各自用餐，互動因為對彼此的不熟識而顯得尷尬。
不時瞄著樂樂不太自在的神情，阿日對自己的不擅言詞有些生氣起來。
打架他很在行，一連串難聽到爆的罵人髒話、或說一、兩個低級的黃色笑話炒熱氣氛助興，和同齡男生們的相處，對阿日來說都還可以應付，但他卻十分缺乏和女孩子互動的經驗，不曉得這種時候該說些什麼來打破兩人間的安靜。
阿日努力想著話題，一面將餐盤裡的紅蘿蔔挑到一邊。他注意到樂樂也正做著和自己一樣的動作，並看著自己。

「你也是不喜歡吃紅蘿蔔？」樂樂問。

「嗯。還有香菇。」

阿日順口回答，沒想到樂樂驚訝地看著他，笑了出來：

「我也是耶。」

「喔。」阿日摸摸鼻子，有些不好意思的模樣。

「那洋蔥呢？」

「還好，比較討厭綠色的蔥……」

「因為味道很怪。」

「味道很怪——」

阿日樂樂兩人幾乎同時開口說了一樣的話，他們相視而笑，氣氛漸漸輕鬆起來。

「那喜歡的食物？」

阿日想了想：「雞蛋，還有薯條。」

「真神奇……居然一樣耶。我第一次遇到食物的喜好和我一樣的人。」樂樂張開的笑容裡有著驚喜。

明明只是簡單的小事情，卻那麼容易開心。阿日望著樂樂，覺得她的笑容擁有破冰的能力，暖暖的，每次看都覺得心底有塊地方悄悄地融了。

吃完飯，阿日陪樂樂走到補習班，兩人邊走邊閒聊著。

「為什麼你也會在剛才的地方下車?你也在附近補習嗎？」樂樂問。

「我……我來找朋友的。」阿日結巴地說了謊。「為什麼放暑假了還去學校?我看妳身上還穿著制服……」

「去上暑期輔導課。下課後晚上還要來這邊補習……累死了！」樂樂看了看阿日的便服穿著，問：「你也是高中生嗎？」

「我高二。」

「所以我們同年囉！」樂樂看起來十分高興。

到了補習班門口，樂樂說之後會把錢還給阿日，於是雙方互相留下了手機號碼。

「我的朋友都叫我樂樂。你呢？」

「阿日。」

「阿日……」樂樂笑著覆誦。「阿日再見。」

回程公車上，阿日開心地看著手機裡樂樂的電話號碼。

啊——

他想起自己又忘記將吊飾還給樂樂。

「沒關係，她說會再打電話聯絡我。」阿日笑著將樂樂新增為聯絡人，一想到只要按下這組數字，就能聽見樂樂的聲音，阿日心情愉快極了。

手機傳來簡訊的提醒聲。阿日一看，發訊人是章魚。

他打開簡訊，內容顯示著一組時間地點，和一串未知的手機號碼。

兩天後，阿日循著簡訊裡的地址，來到一處已打烊的便當店門口。

由於指定地點在相當偏僻的巷子裡，同條店家都早已經關門休息，附近除了路燈的照射範圍外，盡是黑濛濛、陰暗的一片。

實在安靜得不像是會發生械鬥的地方。

阿日拍了拍被密實拉下的鐵門，沒多久，一個男人從一旁的小門探頭出來。

男人年紀看起來不超過二十五歲，一頭醒目的綠色短髮、白花花的寬鬆襯衫，嘴上叼著一根菸，眼睛上下打量阿日。

「誰介紹你來的？」

阿日說了一個名字，綠髮男人點點頭，示意阿日從小門進去。門裡的空間不過是尋常便當店家的擺設，阿日跟著那人後頭走，走進一間木板間隔的小房間，裡頭的桌上擺滿各式各樣的「傢伙」。

綠髮男人跟阿日說：

「挑一個慣用的吧。」

阿日瞠目看著桌上各種不同功用、大小長短不一的刀子、木棍、鐵條……甚至連雙節棍和狼牙棒都有，最後他挑了一支球棒。

綠髮男子似笑非笑地看著阿日。

「走吧，時間差不多了。」

他們從後門出去，一輛箱型車已經在外等候。

原來這裡不是打架地點。阿日心想。他跟著對方一起上了車，努力不讓自己的不安洩漏在臉上。

他們上車後，車子便發動上路。

阿日注意到，連自己在內，車內一共有八個人，除了前面開車的人和綠髮男，車上其他人看起來都相當年輕，甚至還有比自己年紀小的。有人聽音樂、有人玩掌上遊戲、有在人睡覺……阿日默默觀察，轉回視線時發現綠髮男子正盯著自己，嘴裡換嚼著口香糖，還是那副似笑非笑的表情，坐姿散漫，翹著二郎腿的腳不住地抖著。

「第一次吧？」他挑挑一只眉毛，問阿日。

「就……就我們這些人嗎？」

聽見阿日不答反問的問題，男子笑了。

「當然不只，大家都過去集合了。」

「喔。」

男子從口中吐出一個大泡泡，直到泡泡啵地破掉，又將它一段一段地吃下去。

「等一下可別嚇到『閃尿』喔，小弟弟。」綠髮男子咧著嘴對阿日說完，便逕自閉目養神了。

沒多久車子開到一某座水庫附近。阿日下車跟著人群走到集合處，見到上百人馬的對峙情勢，開始感覺事情是來真格的了。

這和學校同學打架是截然不同的兩碼子事，不是那種心情不好、不爽時，便以拳頭對拳頭的發洩或較勁，事後再用道歉收尾便能堪稱完結的「孩子間的打架」。

阿日望著身邊每個人臉上的戾氣，手上的武器隨時蓄勢待發的凶狠氣勢，瞬間明白這一場以命搏命，不是打傷人就是被打傷，不是先砍人就是被砍的殘酷擂台。勝利屬於最後還站著的人。

對方老大是一位三十多歲，明明是在深夜還帶著墨鏡，輪廓方正、短髮剛直粗黑、體型十分壯碩的男人。男人開口，聲音粗啞低沉：

「阿波，你們家老大勒？窩在家裡做縮頭烏龜不敢來，叫他別叫做老象，乾脆改名叫老龜好了。」

阿日身邊那位綠色短髮的男人笑了笑：

「黑熊大，今天這種小場面用不著我們老大出面吧？我們大哥有事，交代我全權處理。」

「你？」黑熊大輕蔑地看著阿波：「小子！上次頭髮染成藍色，這次染成綠色，就真以為自己是阿凡達、還是綠巨人浩克啊？我還雷神索爾勒！趕快離開地球，回你的外太空！以為自己是什麼咖！帶幾個毛還沒長齊的小朋友就要搶地盤，我看到旁邊玩飛盤、放風箏比較適合你們啦！」黑熊大旁邊的小弟聽了笑成一團。

阿波聽了笑容仍掛在臉上，只是聲音沉了：

「之前不是都說好各管各的，你們突然這樣『全占』，要知道我們也不可能就這樣算了的。」

「不算了能怎樣？用你背後這群貨色給我們好看啊？」黑熊大咧開嘴笑，臉欺進阿波，露出整口被檳榔汁染紅的牙齒。

旁邊的小弟跟著起鬨，突然指著阿日說：

「老大，他們還帶女人來耶！」

阿日聽了怒瞪對方小弟。

對方仍繼續挑釁：

「小姐，你好漂亮！過來給我們秀秀啦！嗚——」

對面一群人發出狼叫和低級笑聲，讓阿日越來越無法忍受。

他握緊手上的球棒，咬牙說：

「我是男的。」

「是不是男的要脫了才知道喔，要看你是不是真的有長小雞雞——」

對方做了一個低級的姿勢，發出尖銳刺耳的笑聲。經不起刺激的阿日腦門一熱，氣斷了理智，顧不得什麼輩分排名、自己是打工還是正職的幫派小弟，手上的球棒猛然朝其中一人的肩膀敲下——

那人立刻哀地跪倒在地上。

雙方人馬先愣住了，隨即激烈開戰，鼓譟與哀嚎聲剎時此起彼落。

阿日站在人群中發狂似揮動球棒，與其說是打人，不如說是害怕被打傷而不斷攻擊。混亂中阿日想，這麼多人中，真的有人清楚知道哪些人是自己的敵人？哪些人是自己盟友嗎？還是其實大家根本毫無目的地，只是盲目跟從、盲目打鬥、盲目向前……

突然，阿日在人群中看見了阿波，那個一頭綠髮的男人，在這裡阿日唯一認識的人。阿波正拿著開山刀狠砍著攻擊自己的對方小弟，而黑熊大拿著鐵條從後方慢慢逼近阿波。

阿日見狀立刻衝過去，大喊：

「阿波大哥，小心！」

阿波轉頭，看見原本手舉鐵條的黑熊大，被打暈在地上，又看見站在黑熊大背後、拿著球棒的阿日。

口袋的手機突然響起，一直在等電話的阿日終於看見樂樂來電。心喜的他一不留神，背後遭到一記重擊——

他當場昏了過去。

醒來後，阿日發現自己躺在醫院病床上。

「醒啦。」

阿日朝說話聲轉頭過去，看見阿波坐在床旁的椅子上，一邊滑著手機，臉上還是那似笑非笑的表情，看著阿日。

阿波身邊的小弟見到阿日醒過來，便朝阿波點個頭，走出病房外。

阿日坐起身，動作扯到背部傷口，痛得臉皺成一團。

「你該慶幸打到你的只是木棍，不是開山刀，不然你現在應該已經翹辮子了。欸，小子，在那種場合講手機，你以為在拍廣告啊？」

他沒有講電話，只是看了一下來電顯示……

阿日撫著背後的傷口，想起倒下前發生的事，他問阿波：

「後來結果怎麼樣？你們贏了嗎？」

「看見自己家的黑熊老大被一個菜鳥打成狗熊，底下的小貓小狗當然都崩潰了。」阿波笑著說，「我欠你一次。對了，象哥要見你。」

「象哥？」

「嗯，應該快到了吧。」

阿波才說完，病房的門立刻被人推開，一位至少一百八十公分、體重一百多公斤，年紀四十出頭的男人走過門外一排彎身鞠躬的小弟，走進病房。

「象哥。」阿波恭敬地喊。

叫做象哥的男人像根巨大的樑柱般，豎立在阿日病床前，一旁的兩個小弟立刻將一張加大的椅子抬進病房，讓老大坐著。

病房裡瞬間籠罩上一股壓迫感。

「就這小子？」象哥夾著雪茄的手比了比阿日，問一旁的阿波。

「是，象哥，就是他。」

象哥開口，聲音又低又重：

「小子，聽說是你幫我把背上的刺拔了出來，解決了黑熊那傢伙。我老象要謝謝你。」

阿日低著的頭點了下，不知該說什麼。

「多大了？」象哥突然問。

「十七歲……」

「父母是做什麼的？」

「他們……死了。」阿日被子下的拳頭握緊。

「喔？」象哥又問：「那現在跟著誰生活？」

「我自己一個人，平常就睡漫畫店或網咖……」

「哇，這簡直是小混混的標準履歷了，你說是不是，象哥？」阿波在一旁誇張地說道。

象哥打量著阿日，那目光如鉛石一般，龐大而沉穩的氣勢讓阿日不自覺地畢恭畢敬，身上的每一個細胞都戒慎恐懼起來。

沉默了幾秒，象哥再度開口了：

「阿波說你是臨時介紹進來的。我看你有潛力，怎麼，要不要考慮正式跟著象哥？」

阿日站在約定地點等樂樂。

滿心期待的他比約定時間早到一些，沒多久，樂樂也準時到了。

這天是週末，樂樂不用去學校，阿日第一次看見她穿便服的模樣。

樂樂穿著一件長版的白色上衣和牛仔短褲，加上一樣隨性的馬尾和草綠色的後背包、白色帆布鞋，全身洋溢著青春無敵的純真氣息。

走到阿日面前，看見阿日臉上的傷，樂樂臉上的笑容倏地斂起，眉頭微皺。

她立刻果決地指揮，讓兩人先兵分兩路，各自採買好指定物品，然後在附近的公園裡面會合。

半個小時後，先到的阿日挑了乾淨的長椅坐下，身旁放著速食店外帶用紙袋，等待著樂樂。不久，樂樂也提著一只印有藥局名的塑膠袋走向阿日。

阿日仰頭對著樂樂開心地笑著，但樂樂的臉色看起來卻有些不高興。

「喏，你喜歡的雞蛋。」

樂樂略過阿日伸出要接過的手，直接將茶葉蛋按上阿日臉上的瘀青。

「啊嘶——好燙！」

阿日直覺要拿下來，卻被樂樂阻止。

「吃掉之前，先拿來熱敷你臉上的瘀青啦。」

阿日小心覷著樂樂難得嚴肅的臉，順從地照著做。

「我看看。」樂樂仔細端詳阿日臉上受傷的地方，「其他的傷口也得上藥。」說完，她打開裝著藥水、棉花和紗布的塑膠袋，一臉認真地研究上頭的說明文字，然後仔細幫阿日擦抹包紮起來。

阿日凝視著靠得很近的樂樂的臉，欣賞她睫毛扇動的節奏，發現樂樂的瞳孔和自己一樣，都是琥珀色的。阿日觀察在烈日下，樂樂臉頰曬紅的顏色、她髮際邊細小的毛髮，一顆汗珠從她飽滿的額頭滾落，巡遊半張臉，直抵蛋尖的下巴，然後墜下……

阿日不自禁吞了口口水，抬起視線，發現早已上擦完藥的樂樂，亮閃閃的雙眼直視著自己。他心一跳，緊張莫名地拉開兩人距離。樂樂疑惑地望著阿日。

「吵死了！」阿日紅通了臉，嘴裡唸著：「每到夏天就一堆蟬一直叫叫叫，真是有夠吵！」

阿日從一旁的紙袋裡拿出漢堡，低頭大口大口吃了起來。

樂樂一邊吃東西一邊看著阿日，突然笑著問阿日：

「你聽過紅眼蟬的故事嗎？」

「紅眼蟬？」阿日愣想了下，搖搖頭：「沒聽過。」

那是一種生長在北美洲東部的十七年蟬。「紅眼蟬」的幼蟲在黑不見日的地底下生活十七年，也就是跟阿日和樂樂年紀一樣久的歲月。爬出地面後，羽化的成蟬大約只有四週左右的生命期，雄蟬必須把握這段時間放聲鳴叫，吸引雌蟬，完成世代繁衍的使命，然後再精疲力竭地死去。

蟬在地底和地面上生活的時間總是不成比例，而對於紅眼蟬而言，這比例更是懸殊。在不見天日的泥土裡寂寞的生活，漫長的年歲裡只有短短不到一季時間能夠生活在陽光的照耀下，之後便是不可避免的死亡。

「……所以，我覺得蟬是非常了不起的昆蟲，而紅眼蟬是世界上最偉大的蟬。」

樂樂說的故事深深撼動了阿日，一陣鼓脹的騷動在他胸間翻溢、洶湧著。

阿日靜靜地聆聽周圍的蟬聲，瞬間對蟬這種昆蟲有了不一樣的感覺……某種同病相憐的憐惜。

叫吧！大聲地鳴叫吧！

他在心中默默地為正在周圍鳴放的蟬打氣加油……

好半晌，阿日才開口：

「為什麼妳會知道這個故事？」

樂樂看著阿日，笑著說：

「小時候我爸去美國出差回來後告訴我的。他真的看過紅眼蟬喔！我爸說，一整片密密麻麻的紅眼蟬看起來很嚇人，而且真的超級吵的！他有從美國帶紅眼蟬的標本回來送我，下次拿給你看。」

「嗯。」阿日笑著用力點頭，不只是因為能夠看到紅眼蟬標本，還因為兩人之後還有機會碰面。

「……也是因為我爸告訴我紅眼蟬的故事後，我開始對許多動物的故事感興趣。我的夢想是當一位動物園解說員，很小的夢想吧。」

阿日搖搖頭，真心一點也不覺得這是個很小的夢想。

「很棒的夢想，感覺很適合妳。」

樂樂輕笑，問阿日：

「那換你說了，你的夢想是什麼？」

阿日的笑容一下子凝凍在臉上，他低下頭，試圖掩飾某些不該被釋放出的情緒。

「我沒有夢想。」阿日說。

「怎麼可能？別把夢想這兩個字想得太偉大了，其實就是做很想做的事、很喜歡的事跟做了以後會很高興的事。」樂樂望著阿日，微笑著說。「說嘛！有什麼事情是以前或現在你很想做的？」

阿日凝視著樂樂純美的笑顏，突然瞬間領悟，樂樂永遠也無法理解、也無法想像他所遭遇的一切。

因為她是樂樂。

阿日知道，樂樂一定有非常關心和疼愛她的父母親，不錯的生活環境。她不用一直搬家，老師、同學都很喜歡她。在他們家的餐桌上會有笑聲和母親烹調的拿手料理。每個晚上，她的夢裡只有香甜，沒有恐懼。

她生活的世界，是個和自己完全不一樣的世界。

所以她是樂樂。

阿日沒有任何不滿和忌妒。

他喜歡看她純真無憂的笑臉，知道那是建構在她幸福生活上，自然結出的花果。

「以前……我希望可以跟爸爸、媽媽、爺爺、奶奶，一起快樂過生活。」阿日小聲說。

「以前？那現在呢？」樂樂問。

「後來……因為有一些問題，所以沒有辦法。」阿日所有的糾結與掙扎，最後也只能擠出這樣模糊簡陋的解釋。

但幸好樂樂沒有再追究，她安靜了一會，輕聲對阿日說：

「以前我在一本書上看過：快樂過生活的方式不只一種。時間……有時候可以解決許多問題的。」

阿日聽著，感覺到這是樂樂的體貼，他對著她溫柔一笑。

樂樂拿起一旁剛才阿日用來熱敷的茶葉蛋，現在只剩下微微的餘溫。

「你常跟人打架？」樂樂低頭看著手上的茶葉蛋：「你是混混嗎？」

阿日轉頭望著樂樂的側臉：

「妳會怕我嗎？」

樂樂低著頭將裝有茶葉蛋的塑膠袋揉出聲響，又將它輕扔回阿日手中。

「我怕血。我不喜歡你打架。」

阿日握著手上溫涼的茶葉蛋，眼睛看向樂樂：

「以後我不會再去打架了。」

「真的？」樂樂抬頭望著阿日，眼神裡有詢問。

「真的。」阿日點頭。

樂樂聽見，開心地笑了。

阿日再度來到第一次見到阿波的便當店。

頭髮改染成粉紅色的阿波一見到阿日，叼著菸笑得十分開心，阿波走向阿日，一手攬住他的肩膀，排斥被碰觸的阿日很不習慣地掙開來。

「來啦。」

阿波無所謂地笑了笑，轉身領著阿日走進便當店。

阿日回想起那天在醫院裡，象哥和阿波跟自己說過的話——

「……怎麼，要不要考慮正式跟著象哥？」象哥目光沉沉，對病床上的阿日說：「放心，不是這種跟人打打殺殺的。我要你幫我辦一件正事，這件事情我需要一個可以信任的人。」

「象哥他真的很看好你耶，小子！」一旁的阿波用誇張的語調幫腔。

旁邊的小弟將一張照片放在阿日面前。

阿日低頭一看，照片裡是一個五十多歲，穿著土黃色薄外套，縮著肩，形貌猥瑣萎靡的男人。

「這老頭是個畜牲，但還有點用處。我不信任他，我需要你幫我在他旁邊盯著他。」象哥說。

「盯？」

阿日看著照片，又看著眼前的象哥，知道被找上的自己根本沒有商量餘地。

「那、那我要做些什麼？」

「很簡單，」象哥抽了口雪茄，笑得像隻老虎：「他做什麼，你就跟著做什麼——」

阿日回想著象哥的話，跟著阿波在便當店後頭彎彎拐拐，最後來到貌似跟上回同一間的房門口。

阿波在阿日耳邊壓低聲說：

「別怕，照象哥說的做就好，象哥答應事後不會虧待你的。」

阿波打開門，和阿日一起走進木板間隔的狹小房間，照片中的男人早在裡面了。

「嘿，老頭。」阿波先開口打招呼。

叫做老頭的男人看起來已經等候多時，昏暗的室內滿布陣陣濃菸味。老頭比照片上看起來更顯瘦小，他穿著深灰色上衣，整個人像隻大老鼠似地縮在椅子上。

聽見有人叫著自己，老頭抬起原本埋在便當盒裡的臉，那張臉也像鼠一般，小頭小眼睛，眼珠如兩顆小黑點般左右閃動，黃膩的嘴一邊吞嚼一邊呲牙嘴咧地對著阿波，張露出裡頭綠綠白白的菜渣和一排缺斷不齊的牙。

「波哥啊，您真是個大忙人，老頭我等到快尿失禁啦。」

阿日忍不住嫌惡地看著眼前的老頭。

阿波從口袋裡拿出一只有些厚度的信封和一包香菸，扔到老頭面前。

老頭拿起信封往內搓著看著，滿意地笑了。他將信封折了再折，塞進褲子裡邊，再度將頭埋進眼前的便當。

「對了老頭，這是阿日，以後會跟著你一起做事。」

阿波將身後的阿日拉到老頭面前。

老頭看了看阿日，對阿波露出奇怪的笑容。

「別想太多，象哥看你最近生意太好，擔心你一個人忙不過來，就派個小弟來幫你分擔，順便見習見習！」

老頭摳著牙，肩腳並抖地發出一串嗤笑。

阿波又拍了拍阿日的肩：

「小子，從今天起要好好跟著前輩多多學習，知道嗎？」

當天晚上阿日就在阿波的指示下，搬進老頭的住處。

那是一間頂樓加蓋的鐵皮套房，裡頭十來坪大的空間，塞進了一張破舊的單人床，一台蒙塵的電視機、一張和室桌上放著吃完的便當空盒和一只爆滿菸蒂的菸灰缸，酸臭的衣服和內衣褲屍陳地板各處……比較特殊的是，這不算寬敞的空間裡，居然放了兩個衣櫃，而其中一個特別大、也特別地新。

第一個晚上，阿日掩著鼻打地鋪入睡，隔天醒來後，卻發現老頭不見人影。

他阿日慌張地打電話告訴阿波，沒想到阿波的態度倒是老神在在。

「沒事，那老色鬼找女人去了，你只要盯著他的貨款是不是都規規矩矩繳出來就行。」

貨款？什麼貨款？阿日問。

之後你就知道了。阿波說完便掛掉電話。

既然阿波說沒事，阿日鬆了口氣。他發現原來監視老頭的眼線不只自己一個。這老頭到底幹了什麼，讓象哥和阿波對他如此小心提防？

兩天後的早上，老頭終於回來了。他用腳踢了踢還在地上睡覺的阿日，像踢著垃圾一般。

「喂，小子！起來了，該辦正事了。」

老頭吩咐阿日背上空無一物的背包，然後帶著阿日回到那間便當店去，在上午十點半的非營業時間，一口氣點了八個便當。櫃檯裡相貌清秀，氣質像個乖乖牌的男孩阿輝聽了，眼鏡下的眼睛微睜，點個頭便走進便當店後方。

二十分鐘後，阿輝提了兩只各裝四盒便當的塑膠袋走出來，老頭示意阿日接下。阿日提過袋子，發現重量意外的輕，他低頭驚訝地望著手上的便當盒。

是不是搞錯了？……裡面究竟裝了些什麼？

老頭只是見怪不怪地笑了笑：

「走吧！現在要去『送便當』啦！」

對阿日說完，老頭便逕自走出巷外招攬計程車。

很快地，跟著老頭一同進出的阿日，漸漸知道事情是怎麼回事了。

販毒。

前陣子出獄不久的老頭向象哥自薦為中間人，他利用自己的人脈，販賣並幫忙運送象哥的毒品到這些散戶手上，再藉此賺取佣金報酬。散戶們購買的毒品量雖不龐大，但價錢比「接大單」的價格高出許多，對象哥跟老頭兩個人來講，都不失為一樁雙贏的買賣。

但聽說老頭一直不肯將散戶的名單交給象哥，再加上老頭並非完全是自己人，因此象哥才會特別防備。

買賣方式是由老頭統一電話接單，以不同便當口味做為代號，通常大致有三種：滷肉飯、排骨便當和雞腿便當，每種口味所代表的克數不同，詳細數字阿日還不太清楚，只知道雞腿便當所代表的克數量是最多的。

接到訂單後，老頭便會來到這間掛羊頭賣狗肉的便當店「點餐」，之後再將裝好「貨」的便當一個個「外送」到散戶們手裡。一手交錢，一手交貨。那些磚塊般厚重而紮實的現鈔，一塊塊疊進阿日背上的大背包裡，壓得他每次回到老頭住處總是彎腰駝背。

最後那些鈔票通通統一存放在那個特別大的衣櫃裡，每個禮拜再由阿波開著箱型車到老頭家，把「貨款」全部運走。

這是一種明目張膽，卻又簡單低調的販運方式。

阿日明白自己的任務就是將衣櫃裡頭的錢盯緊。

有時趁著老頭不在住處，阿日一個人打開大衣櫃的門，望著裡頭裝滿現金的黑色行李袋。他腦中浮出的不是貪念，而是疑惑。

太多了……這麼多的錢，怎麼去用？怎麼用得完呢？

平日除了「工作」上，阿日必須和老頭同進同出，其餘時間裡，阿日是挺自由的。

老頭雖然人下流粗鄙，但好處是不太囉唆，給阿日零用算是出手大方。平常沒事時，他就拉著鬆垮垮的褲頭，嘿嘿地丟下一句：「去爽一下。」出了門就像忘了家，直到有生意上門才回來。就算兩人有機會一同湊在房間裡，絕大部分也是各做各的事，誰也不多理誰。

套房裡沒電腦，所以阿日常往外跑去網咖、漫畫店，一待就是一整天，除非老頭打電話找他。好幾次壞水他們也打電話給阿日，他故意沒接，是因為接起也不知該說些什麼、該怎麼解釋，解釋自己為什麼逃家？為什麼以後決定不去學校、打算休學了？為什麼竟真的幹起幫派小弟，還幫忙運毒？最難解釋的是他的以後……這樣的他能有一個怎樣的以後？阿日總覺得自己和他們是不同世界的人了。

這些問題迫使阿日將自己埋進一個個網路遊戲和一套套暴力血腥的漫畫、電影。

但唯一慶幸的是，這段日子，他和樂樂一直保持聯絡。

阿日告訴樂樂自己在便當店打工，這是半個謊言，而他真的沒有再打架了。

樂樂也常常對阿日抒發自己的課業壓力。兩個同齡的青少男女透過網路與手機，維持著某種暖暖的互動。

這禮拜「便當」生意不錯，老頭大方地給了阿日一筆額外「獎金」，開心的阿日立刻打電話約樂樂，說要請她吃飯。

「為什麼想約在這裡？」樂樂問。

她站在阿日面前，圓亮的眼睛彎成兩顆星星，對著阿日笑。今天樂樂難得沒綁馬尾，黑髮像一截披了星的夜，隨著午後的風輕輕揚在她的肩上。身上的牛仔吊帶短裙，襯得她的腿細白又修長。

這畫面讓阿日想起自己一直忘記還給樂樂的吊飾，他其實一直帶在身上的。

樂樂自然地走到阿日身旁坐下。

阿日也對樂樂笑著，將手上的薯條遞給樂樂。

「我想聽蟬聲。」

「蟬聲？夏天不是很多地方都聽得見嗎？」樂樂問。

「在這裡聽，可以想到妳說的紅眼蟬的故事。」

阿日和樂樂對看一眼，兩人都低下頭，遮掩有些害羞的笑容。

阿日看著樂樂手上的薯條。

「只要吃這個就夠了嗎？」

樂樂對阿日笑著：

「你忘記了？這可是我們最喜歡吃的食物。」

阿日邊笑邊從口袋拿出吊飾，在樂樂眼前輕輕晃，發出清脆的聲響。

「這個怎麼會在你那裡？」樂樂驚喜地望著阿日手上的吊飾，並接過它。

「第一次見面時候妳掉的……之前好幾次想還給妳，但是都忘了。」

樂樂珍惜地望著自己手中的吊飾：

「這是我爸送給我上高中的禮物。」發現它不見的那天，她還哭了呢。

「妳爸真的很疼妳呢。」

「嗯，是啊，」樂樂說：「送給我這個吊飾沒多久，我爸媽就離婚了，我爸搬去國外之後就再也沒有見過他……」

「對不起，我應該早點還妳的。」望著樂樂落寞的側臉，阿日誠心地道歉。

樂樂搖搖頭，重新揚起笑臉，看著阿日。

「其實我今天也帶了一樣東西。」樂樂從口袋裡拿出一只小玻璃盒，放到阿日手上。

阿日低頭一看，哇一聲叫了出來。

「這、這個是……」

「沒錯，這就是紅眼蟬。」樂樂笑著說。

阿日著迷地注視著紅眼蟬標本。不到三公分的紅眼蟬，睜著紅色的複眼，小小的黑色身軀上，一對橘色的蟬翼微微張著，牠安靜而完整地橫立在盒的中央，宛如活生生一般。

阿日讚歎到說不出話來。

「送給你。」樂樂對阿日說。

阿日又驚又喜地看著樂樂：

「真的？可是這是妳爸送給妳的……」阿日想起樂樂上次說過的話。

「我有這個啊。」樂樂笑覷著阿日，一面拎起手中的吊飾，搖晃著說。

阿日感動極了，手指隔著透明盒蓋，一次又一次地撫觸紅眼蟬標本。

「牠真漂亮……」

突然，他愛不釋手的動作靜下，凝看標本的表情若有所思。

「怎麼了？」樂樂問。

「我在想——我好像可以知道紅眼蟬鑽出地面時候的感覺。」

阿日想起從闞平家出走的那天，在十字路口茫然駐足的自己。

「我覺得牠一定很不知所措、很慌張，不曉得自己在哪？以後要到哪裡去……」

樂樂望著阿日靜鬱的側臉。

「但是，能夠在活陽光下還是太好了。」阿日看著手上的紅眼蟬，笑得淺淺的。

阿日和樂樂一邊吃著薯條，一邊聆聽周圍蟬聲。樂樂抬頭看著周圍的好天氣，又看了看身邊阿日，對他說：

「你說過你的名字叫『滿日』對吧？我知道地球上有個地方和『滿日』有關喔。」樂樂語氣神祕兮兮地說。

阿日轉過頭看樂樂。

「和我的名字有關？哪裡？」

「南極，還有北極。」

「什麼啊，居然在那麼冷的地方。為什麼？」阿日問。

「因為地球的自轉軸是傾斜的，在地球最頂端的北極點和南極點，一年將近有一半的時間是永晝，另外一半是永夜。永晝的時候，太陽一整天都不會落下，所以在那個地方，將近有半年的日子，都是能照到滿滿的太陽的『滿日』。」樂樂笑著解釋。

「哇！太酷了！那永夜是……」

「嗯，如果進入『永夜期』的話，就是會在陽光照不到的地方，度過將近半年、看不見陽光的黑夜期了。」

樂樂將吊飾上的銀色月亮翻面，指著上面小小的字：

「這是我的名字。」

「妳的名字不是叫樂樂嗎？」阿日有些驚訝。

「樂樂是爸媽取的小名，『暖月』才是我的名字」。樂樂笑著說：「你看，我們是不是連名字也很有默契？」

阿日望著樂樂的笑顏：

「很奇怪，每次跟妳在一起，心情就會覺得很平靜。」阿日低下頭：「妳怎麼願意跟我這種離家出走的笨蛋做朋友呢？」

樂樂望著阿日低垂的側臉：

「我也不知道。雖然有我們很多不同的地方，但也有很多相似的地方，我覺得跟你很親近，好像有很多話都可以跟你說……」

阿日轉頭看樂樂，樂樂臉頰微紅，但仍勇敢地直視著阿日。空氣中淡淡的曖昧氛圍催化了阿日，他慢慢傾身靠近樂樂，嘴唇將要貼近樂樂的，樂樂有些緊張地閉上眼睛——

「啪——」

突然間，一旁傳來樹枝斷裂的聲響。阿日和樂樂都聽見了，兩人不好意思地分開。阿日轉頭看向聲音處，驚訝地見到老頭從後面走了出來。

「你怎麼會在這？」

「嘿嘿！別理我，繼續你們的剛才沒做完的，老頭我經過而已，現在就閃人——繼續、繼續啊！」

「阿日，他是誰呀？」樂樂躲在阿日身後，小聲問。

「他是一起工作的、的……」

阿日還在斟酌該如何在樂樂面前稱呼老頭，樂樂已經走到阿日旁邊，笑著對老頭打招呼。

「伯伯好。」

老頭點頭笑著，鼠般的眼睛卻貪婪地將樂樂整個人畫了一圈，那眼神讓阿日極為不舒服。他皺緊眉，防備地瞪視老頭，嘴裡卻對樂樂溫聲說：

「走吧，我送妳回去。」

樂樂家離公園不遠，阿日送樂樂回家後，發現身上的錢包不見了，他想可能掉在公園裡，便沿原路回去找，看見老頭還在原地。

老頭坐在阿日和樂樂方才坐的長椅上，手上拿著張開的阿日的皮夾，有些驚訝地盯著裡面看。

「看屁啊！」

阿日走過去，一手將自己的皮夾抽起、闔攏好，放進屁股後方的口袋。

「皮夾裡面那個眼睛打馬賽克的女人是你的誰？」老頭問。

「不關你的事。」

「該不會是你媽——」

話還沒說完，老頭的衣領被人用力絞緊上提，對上阿日凶惡猙獰的臉。

「別怪我沒警告過你，下次再敢用那種下流的眼神亂瞄我朋友，絕對打死你！知不知道？」

望著面前的阿日，老頭突然露出了奇怪的笑容，嘴裡喃喃唸著：

「有意思。太有意思了……」

阿日放開老頭的衣領，依然瞪著他：

「為什麼出現在這？」

「找老朋友，」老頭看著阿日說：「而且，說不定你也認識呢。」

以為老頭說的是散戶客戶，阿日沒放在心上，倒是老頭盯著樂樂的眼神一直在阿日腦中揮之不去，他跑到便當店，向阿波打聽老頭的底細。

阿日聽說老頭出獄不久，他很好奇老頭犯的是什麼罪？

幾天沒見的阿波，頭髮換成香蕉似的黃色，額頭間貼了塊紗布，看來是打群架掛彩了。他坐在店裡的內用桌，大口扒著飯。

「強暴。」一提起老頭，阿波也是一臉嫌惡：「要不是看在錢的分上，跟這種貨色扯上關係，真是降低我們幫的素質。」
阿日眼色立刻變得嚴肅，他心想：以後絕不能再讓老頭有機會接近樂樂。
「既然都來了，順便吃個飯吧。」阿波說。
阿日朝店內看了看，發現櫃檯裡面站了一位新面孔，問阿波：
「怎麼好幾天沒看見阿輝了？」
阿波的眼神飄了飄，最後才嘆了口氣：
「被辦了。」
「辦？警察嗎？」
阿波搖搖頭：「是象哥。」
阿日心底一凜：「發生什麼事？」
「你別看阿輝乖乖牌的外表，其實他毒癮不小，前陣子大概是癮犯了又沒錢，居然A了店裡的一批貨——」
「結果呢？」阿日緊張地問。
「象哥的個性怎麼可能忍受自己被背叛？當場把人打死了。」
當場，阿日渾身一顫。
阿波看了看阿日的臉色，拍拍他的肩：
「就知道你會嚇到，不過告訴你是想讓你當作機會教育，還是負面教材什麼的……唉，總之，象哥雖然心狠手辣了點，但賞罰分明，你做好自己的事就沒事。」

阿日沉默了，感覺自己捲進一件比想像中更危險的事。

「喔，我在附近，快到了！」

又過了幾天，阿日加快腳步趕去會合處與老頭碰面，才和老頭結束通話，手機又響了。阿日看見樂樂來電，愉快地接起。

樂樂在電話那頭邀請阿日參加自己的慶生會。

「這週六？」阿日頓了一下：「這週六是妳生日？」

「嗯，滿十八歲生日，怎麼了？」樂樂清脆的聲音從手機裡傳來：「沒有空嗎？」

「不是。」阿日說，語氣帶著笑，「妳一定不相信——」

阿日說了原因，立刻聽見樂樂在電話那頭驚叫起來。

「真的嗎？我們居然同年同月同日生耶！」

樂樂雀躍的聲音，讓阿日抓緊話筒，彷彿這動作能讓自己更貼近手機裡的樂樂。

「……所以，我們才會這麼多地方相像啊。」樂樂說：「等一下，你也快滿十八歲？所以你也晚讀嗎？」

阿日聲音低低地笑著：「嗯——」

電話那頭，因為兩人又增添了一項難得的共同點，樂樂聲音聽起來非常開心，兩人又邊走邊聊了好一會，直到遠遠看見站在前方抖著腳、等得不耐煩的老頭，阿日才依依不捨地掛斷電話。

「救命啊、有人搶劫——」

阿日突然聽見後方有人呼救。

他轉頭看見一個機車騎士正搶走路邊一位中年婦女的包包，穿著相當貴氣的婦女一面與騎士拉扯、一面大聲求救。

阿日立刻衝過去，一起拉住婦女的包包，並往對方身上一陣亂打，見苗頭不對，機車騎士終於悻悻然離去。

看婦女手上抓著包包，還驚魂未定地跌坐在地上，阿日幫忙撿起掉在一旁墨鏡，並上前關心婦女。

「沒事吧？有受傷嗎？」

吳太太搖搖頭，在阿日的幫助下站了起來。阿日將手上的墨鏡還給吳太太，她隨意地塞進包包裡，表情仍猶有餘悸。

「東西有被偷還是丟了嗎？」

阿日打量低頭檢查自己物品的吳太太，覺得面前婦女看起來非常眼熟，但卻完全想不起來在哪裡見過她。

確認沒有財物損失，吳太太的神色稍微輕鬆了，她對阿日露出感謝的微笑：

「謝謝，東西都在，我也沒受傷，幸好有你的幫忙。」

阿日正想問兩人是否在哪裡見過面，卻看到吳太太眼神可怖地看著自己後方。

他回過頭，看見老頭正站在自己背後。

「老子等你很久啦，小子，快走吧！」

老頭話對著阿日說，眼睛卻直勾勾盯著婦女，以一種少見的專注及不懷好意，彷彿兩人早就認識似的。

「你——你們——」

吳太太瞪大雙眼，表情驚恐地抬起一手，指著老頭，又指著阿日，然後用一種落荒逃命的速度，從原地奔跑離開。

「她為什麼好像看到鬼一樣？你認識她嗎？」阿日莫名所以地望著吳太太的背影，問老頭。

老頭只抖著肩，擺著腳步，從牙縫間擠出一串刺耳的嗤笑。

慶生會當天，阿日提著要送給樂樂的生日禮物，來到樂樂家樓下。

阿日覺得期待又緊張，他很高興樂樂會在這麼重要的日子裡邀請自己，但一想到就要見到樂樂的同學和家人，他又對自己感到自卑。

阿日抬起頭，仰望著頭上一戶戶人家的陽台，好奇樂樂家會是其中的哪一個？

他低頭見到樂樂來電，開心地接起。手機另一頭的樂樂說，自己外出拿生日蛋糕，會晚點到。

「你到了嗎？」樂樂問。

「沒有，快到而已，妳慢慢來。」

「我媽應該差不多到家了，如果你到了可以先進去等我喔。」

「嗯。」

聽著樂樂開心的聲音，阿日覺得心裡的緊張消去了不少。他掛斷電話，心想要不要先到附近晃晃，十分鐘後再過來。這時，一陣高跟鞋敲扣地面的聲響從旁傳來。

阿日轉頭一看，整個人愣住了。

一個穿著時尚的貴婦人朝自己走過來，而那張戴著墨鏡下的臉，除了顯見的歲月痕跡，看起來和眼睛被上了黑條的母親的臉，幾乎一模一樣。

怎麼回事？

奶奶明明說過，母親在生下他沒多久後就死了，為什麼眼前的人跟母親長得那麼像？

奶奶說謊嗎？

阿日想起闕奶奶曾騙自己父親失蹤的事，心想：或許有關母親的消息也有可能是假的。他的母親還活著？

阿日看著貴婦人朝自己走近後，摘下墨鏡——居然是那天在路邊遇搶的婦女！

吳太太疑惑地望著阿日，認出他之後，臉色立刻變了。

驚訝及渴慕的情緒充斥著阿日，他忘情脫口喊出：「媽……」

「誰是你媽？」吳太太瞪著阿日。

「媽，我是滿日……」阿日欲往吳太太走去。

吳太太的反應彷彿阿日是隻突然攀上自己的章魚，醜陋又噁心，嘴裡的話全像黑糊糊的墨水，髒汙了她一身，八隻腳卻牢牢吸著自己不放。

「不要過來！你果然像小時候一樣——」

阿日止住步伐，臉色蒼白地看著吳太太。

「你一出生，我就知道你一定會和你爸一樣，你就是個天生的壞胚子，幸好當初沒聽你媽的話，兩個一起留在身邊——」

吳太太用一種粗魯的力道將緊附著自己的吸盤通通砍斷。

「上次事情也是你們父子倆設計的吧？父子聯手嗎？把我姊害得被憂鬱症逼死之後，現在還打算對我跟自己的女兒、妹妹出手是嗎？告訴你們！我不會逆來順受的！馬上從這裡離開，再敢騷擾我們，一定報警抓你們！走開！兩個噁心的傢伙、不要臉的東西！」

吳太太每句話都讓阿日後退一步。那些字句是彷彿一把鋒利的刀，但他每一刀都躲不掉。那話裡面所有的訊息都快將他炸裂成碎片。

他不懂……為什麼……

阿日看見樂樂從另一頭提著一盒大蛋糕走過來，遠遠見到阿日，她臉上還高興地笑著，朝阿日揮手。阿日以一種迫切期待的目光望著樂樂，彷彿她是一根救命稻草般懇視她、乞求她……不要讓自己支離破碎。

見到兩人間的凝肅氣氛，樂樂疑惑地問吳太太。

「媽？怎麼了？」

只要一句話就夠了。

只要一句話，就超過他能承受的極限。

阿日茫愣地望著樂樂，以一種觀賞世界變形的目光。他轉身，然後，狂奔——

「阿日！」

——像害怕被身後的呼喊聲給追上似的。

「這一切到底他媽的怎麼回事！」

阿日衝進住處，走到老頭面前怒瞪著他。

正在打包行李的老頭抬頭看了眼阿日，又繼續手上的動作：

「哭啦？」

阿日用力抹掉臉上的淚。

「上次路邊那個女人，被搶劫的那個——」阿日不斷大口深呼吸，「你認識她？」

「喔，老朋友囉……」老頭一邊穿上襪子，一邊發出令人作嘔的笑聲。

「她為什麼跟我說一些奇怪的話？」

阿日握緊拳頭，強忍在眼眶聚集的淚。他不想在這個人面前哭。

「奇怪的話？」老頭又抬起頭，看見阿日瞪著自己表情，露出一個了解的笑。

「她跟你講啦？」

「你早就知道？」阿日不可置信地看著老頭，「什麼時候知道的？」

「就上次看到你皮包裡面的相片——唉，同一對雙胞胎，個性怎麼差這麼多！別哭了！媽的！那眼睛長在頭頂上的婊子，總有一天一定讓她知道老子的厲害！老子會替你報仇，行了吧！」

聽見老頭的話，阿日像全身力氣被抽乾，頹然地跌坐在地上。

「所以、所以她說的是真的……」阿日抓著頭，喃喃地自語。

老頭整整身上的衣服，站了起來，背著背包，手上提了一只黑色旅行袋。他朝門口走了幾步，又繞回阿日面前。

「這兩天……要辛苦你了，之後聯絡你。」老頭心虛地說完，便離開了。

阿日抬頭看了眼老頭，失魂落魄般，沒管老頭怎麼出去的，也沒管出去多久……什麼都沒管，也不管了，抓起棉被倒頭大睡，好像這樣就能抵擋棉被以外的現實入侵自己。

兩天後，阿波照例來收錢了，阿日昏昏沉沉地起床給他開門，又繼續倒頭睡覺。

阿日才倒上床沒多久，就聽見背後傳來一陣咒罵，他坐起身，看見阿波朝衣櫃狠狠打了一拳。

阿波：「幹，出事了！」

「啊？」阿日惺忪茫然地看著阿波。

「錢……」阿波表情複雜地望著阿日，「錢不見了！」

阿日渾身一顫，瞬間驚醒。

「最近我聽到一個很有趣的消息。」

象哥渾厚低沉的嗓音在辦公室響起，他夾著雪茄的手一比劃，旁邊小弟立刻將兩張紙丟到阿日面前。

阿日跪在象哥面前，頭幾乎抵著地面。他伸手將紙抓到自己面前，一看見自己和老頭的照片和資料，全身不住地抖了起來。

「闞和、闞滿日，剛好都姓闞，你說這世界是不是他媽的小？」

「象、象哥……」阿日惶恐地想要解釋，卻因恐懼而說不出話。

象哥突然低低地笑了出來。

「請兒子監督老子，你們說我是不是請了老鼠來替我補洞，越補越大洞了？我老象居然鬧出這種笑話，你說我是該生氣還是該笑？」

「象哥，之前我也不知道他就是……我真的不知道……」阿日幾乎哭了出來。

「行了！」象哥大掌一揮，「錢是在你眼皮底下不見的，我現在就可以當場做了你，但阿波這小子拚命替你求情，我是看在阿波的面子上，不是相信你——」

象哥從椅子上站起，走向阿日，在阿日面前蹲下，瞬間龐然的壓力壓得阿日動彈不得。

「兩天。」象哥對阿日比了一個「二」，「我給你兩天，兩天內把錢一塊不少地給我找回來，不然的話，這筆帳不管是你老子還是你，我都算定了！」象哥猛然揪起阿日衣領，像撈起一隻小雞。

他用虎一般的雙眼緊攫阿日。

「別想逃跑，你已經被盯上了。」

阿日站在樂樂家樓下。

渾渾噩噩，毫無頭緒的兩天過去了，阿日根本不曉得老頭有可能去哪裡。他向阿波打聽了幾個老頭平時可能去的窯子，踏遍每一戶散戶的門，但老頭就像是人間蒸發一般，澈底消失了。

兩天期限逼近，阿日幾乎要放棄。他看見手機裡有許多來自樂樂的未接來電，自從慶生會那天過後，樂樂就打了好多通電話給他。阿日對樂樂感到一陣抱歉，他猶豫著要不要打電話給樂樂，畢竟過了明天以後，他很有可能落得和阿輝一樣的下場。

猶豫之間，阿日看見吳太太走出門口，他連忙躲起來，卻看見老頭居然鬼鬼祟祟地跟在吳太太背後。

老頭盯著吳太太走出巷口，招了部計程車離開，冷笑了下，轉過身意外看見阿日在背後怒瞪著自己。他立刻想開溜，無奈背包太重，很快就被阿日追上。阿日氣憤地揪著老頭的衣領，將他拖進距離最近的公園裡面。

老頭踉蹌地跌在地上。

「哎呦——」

老頭貌似因背包太重，整個人向後仰，他將背包解下，抱在自己胸前，一邊討好地對阿日笑。

「看來象哥對你不錯，沒把你怎麼樣嘛？」

「如果他把我怎麼樣了呢？」阿日問，「錢交出來。」

阿日伸出一手，要老頭把背包給自己。

「這麼替他賣命做什麼？我們都只是他的棋子而已，你以為他憑什麼相信一個第一次見面的臭小子？他是想等客戶名單到手後，就找個藉口把我們都踢掉而已！」老頭緊緊抱著胸前的背包說。

「現在有比較好嗎？我們已經被他盯上了，如果不把錢還給他，我們都會沒命的！」阿日沉痛地看著老頭，沒想到自己的父親會因為錢，把責任都推給自己。

「好好好……我們一人一半，我分你一半，可以了吧？等我解決完那女的，我們就坐船去菲律賓——」

老頭的話讓阿日想起有幾次在樂樂家附近碰見老頭，他總說是來找老朋友，難道……

「你在跟蹤她？」

「十幾年前在法庭我就看她很不爽了，這次老的小的我一起解決，哼！」

阿日跳上前緊抓老頭的衣領，坐在他身上，拳頭幾乎要打上老頭的臉，最後忍耐地停在半空中。阿日猙獰地瞪著老頭：

「我說過不准你對她亂來！她是你的……她是你的女兒……」

老頭看阿日沒有要動手打自己，立刻將阿日推開。他看著地上的阿日，噗嗤噗嗤賊兮兮地笑了：

「嘿，那天在公園我都看到了，你是想自己獨享吧？知道啦，那小的讓你，老的交給老子收拾！」老頭說完便要走人。

老頭說的話令阿日理智爆裂，極怒之下，阿日拿起地上的石塊衝向老頭，往他頭上奮力敲下——

「為什麼是你！為什麼你是我爸！都是你害的——」

慶生會那天之後，吳太太嚴厲禁止女兒再和阿日見面，以一種罕見而悍然的武斷。樂樂以為是因為阿日逃學翹家，母親才對阿日印象極差。所以她表面上答應，私下仍打了好幾通電話給阿日，然而阿日卻都沒接。

是不是母親說了什麼傷了阿日的心？樂樂心想。

這天樂樂突然接到阿日的來電，電話裡阿日的聲音異常肅然。阿日對樂樂說，上次慶生會沒能成功參加，希望今天能夠和樂樂一起補過兩人的生日。

「可以嗎？」電話那頭的阿日問。

樂樂當下就答應了，她很高興阿日又聯絡自己，決定先不管當母親知道自己蹺課的消息後會有多麼生氣。

「那今天去的地方可以由我決定嗎？」

「你想去哪裡？」樂樂問。

「海邊。」

他們約在火車站碰面。樂樂像個遠足的孩子般雀躍，連腳步都輕跳著，一種難以靜下的高興期待，也寫在她透明的臉上。

她看見阿日一如往常比自己先到了，但他的臉色慘白，手還有些顫抖。

「怎麼了？」樂樂問。

「沒事。」阿日說。

但樂樂看得出，好像有某種看不見的寒冷，正籠罩著他。

剛上火車不久，阿日又說自己有些疲憊，想借著樂樂的肩膀靠著睡一會。樂樂從包包裡拿出自己的隨身聽，想借阿日聽點音樂，但阿日很直接地拒絕了。

「我不喜歡聽音樂，我只要這樣休息一下就好。」

樂樂於是將耳機戴在自己的耳朵。不久，睡意也湧上了樂樂，她很自然地將頭靠上阿日的，然後安心地閉上眼睛……

阿日聽見一陣音樂聲，他醒過來，發現是樂樂包包裡的手機響了。阿日看見一旁的樂樂戴著耳機睡著了，他輕輕地從樂樂的包包裡拿出手機，看見來電的人是吳太太。阿日轉頭看了樂樂一眼。他將吳太太的電話抄下，並將手機關機，放進自己口袋裡。

下了火車後，樂樂低頭在包包內翻找著手機。

「奇怪，我記得自己明明放進來的……」

「會不會是妳忘了？」阿日說，眼神裡有些小小心虛。

「可能吧，算了。」樂樂燦然一笑，認為大概又是自己迷糊了。

阿日和樂樂並肩走向海邊，頭頂上的太陽發威似地烘著兩人。但阿日感覺自己身上的寒冷正被一點點地蒸去，因為樂樂在身邊的關係。

「為什麼會想來海邊呢？」樂樂問。

「小時候……奶奶告訴我，我爸在海上失蹤了，從那時候開始，每次在電視上總會特別注意跟海有關的消息或畫面——」

樂樂專注地聽著，這是阿日第一次聊起自己家人的事。

「後來我發現，電視機裡面的人，只一要到海邊，就會看起來很開心。讓我覺得海邊好像是一個很棒的地方。」
「你以前沒到過海邊嗎？」
「沒有。」
印象中見過的海，是在搬家北上的公路上，年幼的阿日透過小小的車窗，經過沿途的海岸線，看見整片如巨舌一般的，寶藍色的海水，那時的他覺得海是一頭大怪獸，吞食了他的父親。
阿日突然想起，自己之前責怪奶奶沒告訴自己關於父親的真相，但現在的他終於知道，其實活在謊言裡頭也不是件壞事。
走著走著，阿日和樂樂來到一片海灘。
瞬間開闊的視野讓阿日著迷地瞇起雙眼。
這是將電視機裡的畫面放大一千倍，都複製不了的臨場感。
寬闊而深邃的海面、在海面上跳躍的光、蒸著熱氣的沙灘、白花般海浪……他看見其他遊客臉上開心的笑容，好像只要來到這裡的人，就能享受一個主角一般的下午。而這，就是海灘。
阿日看見樂樂望著自己笑，他也終於找回這幾日以來最真心的笑容。
「可以陪我做一件很蠢的事嗎？」
阿日說完，立刻在沙灘上拔足奔跑起來。
剛開始他耍帥地脫去鞋襪，結果被燙到差點在樂樂面前罵出髒話。阿日呲牙裂嘴的表情逗笑了樂樂，樂樂也跑了起來。

樂樂穿著淺藍色上衣，像一塊被截下的天空，自由自在，豔陽下她的笑容看起來更閃動了。

他們樂此不疲地玩著踏浪的遊戲，每一秒鐘都在笑，笑得好像把以後和以前的自己都隔斷似的。

一直到樂樂開口問阿日：

「要不要堆城堡？」

阿日的眼睛立刻閃亮起來。

他們合力建了一座好大好大的城堡，憑著他記憶中城堡該有的樣子，疊高再疊高，並造出堅固的城牆。

別忘了護城河喔。樂樂提醒他。

城堡完成不久後，一對牽著狗的情侶經過他們，樂樂開心地走上前去，和大狗玩了起來。

阿日在一旁凝望著樂樂。

雖然認識不久，但他喜歡看著她做任何事情。那是種不自覺的欣賞，將目光放在她身上，鐵面無私的時間也會放慢腳步，甚至靜止；而她周遭的一切，變得就像照耀在紅眼蟬身上的陽光一樣，珍貴、迷人。

他希望她一直這樣子。這樣子。

沒多久，樂樂走回阿日身邊坐下。

「好想養一隻拉布拉多喔。」樂樂用像撒嬌的聲音說。

「拉布拉多？」阿日才知道那是剛才那隻大狗的品種。「妳一定是很好的主人。」

「可是我媽對狗毛過敏，所以沒辦法養。」

阿日轉頭看樂樂些許落寞的笑容，突然問：

「妳有沒有經歷過……就是、事情的發生不如自己想像的時候？」

樂樂望著海的目光微微地轉暗。

「國中的時候。有一次經過爸跟媽吵架的房門，偶然聽見原來自己不是爸媽親生的孩子……那時候我突然懂了，為什麼從小到大，有時候我會有種若有所失的感覺、一種悲傷，好像自己失去很重要的東西一樣。之後才知道，我失去了原本的家人。」

「現在的家人對妳很好吧？」阿日問。

「嗯。」樂樂點點頭。

「……那就好。」

阿日專注地凝視樂樂的側顏，努力忍住哭泣的衝動。

「我相信，如果妳原本的家人知道妳過得幸福，他……他們也會替妳感到開心的。」

周遭的光漸漸沉下，像某種預告的來臨。

阿日拉著樂樂的手站了起來：

「該回去了，妳媽現在一定非常擔心。」

阿日陪著樂樂一起走回車站。在等候火車的空檔，阿日對樂樂說：

「換我跟妳說一個故事好不好？」

「什麼故事？」樂樂亮閃閃的眼睛地望著阿日。

「是有關一隻永夜國的蟬的故事。」阿日說。

有一隻很特別的蟬，這隻蟬在地底下生活了很久、很久的時間，有一天牠終於可以鑽出地面，卻發現外面根本沒有太陽、沒有陽光照射，因為這個地方是永夜國，所以一年四季都是黑夜。

四周總是黑黑暗暗的，這讓蟬看不清楚周圍有沒有和自己一樣的同伴。蟬覺得非常孤單，所以不斷地大聲歌唱，希望同伴如果聽見牠的歌聲，可以來找牠。

有一天，蟬遇見一位迷路的女孩，女孩誤闖了永夜國，找不到回家的路，她聽見蟬的歌聲，所以找到了蟬。女孩告訴蟬，牠的歌聲很好聽，讓她在黑夜裡感到很安心。第一次得到別人讚美的蟬非常高興，於是牠努力地為女孩唱更多的歌曲……

「然後呢？」等待下文的樂樂問。

阿日停住不說下去了，他看了看時間，將手上唯一一張車票遞給樂樂。

「其他的，下次再告訴妳……火車快進站了，趕快進去吧。」

樂樂納悶地看著阿日：

「那你呢？我們不坐同一班火車回去嗎？」

阿日搖著一張很白很白的臉，眼睛像起霧般讓人看不清：

「我……搭下一班車，我還得去別的地方。」

阿日就站在入口的柵欄旁，目送樂樂，臉上的笑容彷彿硬擠般懸著，懸著不動。

樂樂往裡走，卻一面回頭，一面用一種自己也很不明白的心情，不住地向阿日揮舞自己的雙手。

像是想抓著什麼沒法抓住的，不斷揮手。

送走樂樂後，天不知不覺暗下了。

阿日一個人走回海邊，沿路像條孤獨逆游的魚，與大部分準備返家的人們擦肩而過。等他走回到那片沙灘，只剩下三三兩兩的情侶還在該處。

阿日挑了一個遠離他人的角落坐下，在自己將要崩場以前，他拿出手機，打了三通電話。

第一通電話在響了十幾聲後終於被接起。

「喂？是誰呀？說話啊……喂——」

一聽見熟悉的聲音，阿日的眼淚瞬間落下。

他在電話這一頭拚命忍住洩漏自己聲音的哭聲，只想將那令人懷念的聲音珍藏進記憶。

對方彷彿有所感應，先沉默了幾秒，又忽然開口：

「阿、阿日嗎？阿日——」電話那頭的闞奶奶哭了，「你這孩子人在哪啊？奶奶擔心死了，你說話啊！這段時間你人到底在——」

阿日掛斷電話，將頭埋進肘間哭了一會，又撥下第二通。

「喂？」嗓音清冷的主人接起電話。

「我是滿日。」阿日用些微的鼻音說。

聽到阿日的聲音，吳太太立刻焦急又尖銳地說：

「你們究竟把樂樂帶到哪了？補習班說她今天缺席，告訴你們，我會報警，你們要是敢對我女兒怎麼樣就死定了！我絕對——」

「我……也是我媽的孩子。」阿日語氣顫抖地說。

「樂樂人在哪裡？」

「我也是我媽的孩子。」阿日用更大的音量說。

「樂樂呢？」

「我也是我媽的孩子！」阿日對著電話那頭吼著。

「樂樂有沒有事？你們有沒有對樂樂怎樣？」

「我也是我媽的孩子！我也是我媽的孩子！——」

面對吳太太的每個問句，阿日不斷用加大音量吼出同樣的答案，到後來只不斷嘶吼著同一句話，像藉此傾吐自己莫名的委屈般。

最後，電話那頭的吳太太被阿日話裡的情感及控訴所震憾，終於靜默下來。阿日對著電話啜泣好一會，對吳太太說出了一組時間和火車站名，又交代最近不要讓樂樂看任何新聞和報紙，便掛上電話。

或許因為阿日方才抓狂般地行徑嚇跑了剩下的遊客，當阿日結束第三通電話後，發現沙灘上只剩下他一個人。

呆望著前方被遊客遺留下的一只紅白塑膠袋，阿日模糊地想……老頭的屍體應該被發現了吧？

他殺了他。他殺了自己的父親。

那時阿日回過神後，老頭已滿頭鮮血，身上所有氣力戛然停止，不再有抵抗動作，甚至一動不動地，像條死去的獸。他連死都不像人。

一切就像慢動作與定格畫面般，聲音被抽去，他明明腦中一片空白，卻異常冷靜。他知道自己完了，但接下來的舉動卻充滿了條理。

他在老頭的背包裡發現那包不翼而飛的錢，老頭個性小心且不信任任何人，又或者他還沒來得及想好藏錢的地方，這些錢便一直被他隨身帶著。

阿日將老頭的屍體搬到公廁後方，然後他打電話給阿波，並且記得叫阿波帶件乾淨的衣服給自己。

第二次清洗血跡，第二次聞見身上沾著別人血的味道。

好像可以算是麻木了，只是搓洗的雙手一直抖個不停，還有眼睛不斷流下某種他無法辨識的液體。

那能叫做眼淚嗎？他對老頭什麼時候產生了這樣的感情嗎？

他知道自己完了。

他把那袋錢還給阿波，經常幹架的阿波對他身上的血並未大驚小怪，倒是阿日異常蒼白的臉色讓他多看了兩眼。阿波沒說什麼，將衣服丟在阿日身上後，拍了拍阿日的肩膀，意思算是安全過關了。

阿波不知道，但他知道自己完了。

阿日突然嚶嚶地哭了起來。

夜晚的大海像是性情不變的恐怖戀人，對著阿日大聲怒吼、叫囂著，好幾次阿日覺得那浪兇猛得像張大的口，欲將自己吞沒。

怎麼會這樣恐怖？下午還明亮燦爛呢。阿日還記得某道金色的光束打在樂樂無憂的笑臉上。他記得他們在這裡奔跑過，像電視機裡主角們上演狗血般的劇情，他以為會很矯揉造作，但感覺卻棒呆了。為什麼現在想起來，那些像是發生在別的地方的事？

阿日看見和樂樂一起堆好的城堡已被更高的浪頭沖毀成斷垣殘壁——

那到底還剩下什麼？

他突然很想找人評評理，關於這一切，關於他這亂七八糟的人生，總該有人給他一個解釋才對。他有一堆的為什麼，和更多的不甘心，這個世界把他當作垃圾一樣糟蹋，就應該他媽的給他一個合理的說法！

不公平！不公平！你他媽不公平——

還我、還我！還給我……

小偷！

阿日對著面前的大海放聲嘶吼，像某種對峙，挑戰某種決定性的權威。他憤怒的聲音裡有著蟬鳴的努力與絕望，對於眼前的龐然大物、無形的黑暗勢力，他像個孤獨的戰士般，奮力堅持為自己發聲的權利。

阿日聲嘶力竭、用力將自己所有不滿投擲、丟出——直到最後，他發現裡面其實什麼也沒有。

經過整夜嘶喊，阿日終於筋疲力盡地倒臥在沙灘上。

像細沙從指縫間流下，樂樂胸口的某些東西被往外抽竄，心正一寸寸下沉，卻不住地急跳著，彷彿某種掙扎，令她莫名不安。可怕的消逝感緊揪著樂樂，這沒由來的心情讓她感到陌生、且疑惑。

她不斷回想剛才阿日的模樣……那雙漂亮的眼睛將許多話藏進一片淡淡的水氣背後，臉上的笑容蒼白而稀薄，虛弱得像某種道別。

出於某種直覺，樂樂知道自己內心的不安來自於他。

他怎麼了？

車廂的門被打開，驗票人員朗聲喊著驗票。

樂樂打開包包低頭翻找票根，突然看見之前找不著的手機完好地放在裡面。

「咦？」

她打開莫名關機的手機，沒多久，螢幕上跳出了一整串來自母親的未接來電和留言。樂樂發現其中有則語音留言是阿日留給自己的，她按下按鍵，沒多久，耳邊傳來阿日的聲音：

「樂樂。我阿日。對不起，當著妳的面實在沒辦法說出口。其實……其實我就要跟家人搬到國外生活了，很有可能以後都不會再回來。妳要保重，我希望妳能夠實現夢想，永遠過得幸福、開心。

樂樂，記不記得剛才那個永夜國的蟬的故事？那隻蟬和女孩後來到底怎麼了？後來——」

樂樂走出車站時，黑藍色夜幕高掛在天空，看不見月亮，底下一串串、一排排路燈、街燈、廣告看板、騎樓下營業的店家，疾駛的汽車與行走的路人……所在所見都告訴樂樂：她回到了熟悉的世界。

樂樂一眼就看見在車站外焦急等候自己的母親。吳太太穿著居家服，腳上踩著樣式簡便的涼鞋，沒化妝、沒墨鏡，臉上猶見哭過的痕跡，頭髮樸素地往後攏，視線焦急地向車站內探尋。只像是一個尋常母親擔心自己離家晚歸的女兒的模樣。

樂樂神情恍惚地走到吳太太面前，張開口想說什麼，強烈的悲傷感卻瞬間翻湧，截斷她所有話語的能力。她的淚像急雨般掉下——

「……後來漸漸地，蟬的聲音越來越沙啞，身體也越來越疲倦。蟬知道自己的生命快要結束了，牠不希望女孩為自己傷心，所以告訴女孩，自己要回地底下的家了，要女孩趕快回家。那隻蟬用最後的力氣帶女孩來到永夜國的出口。分開前，蟬對女孩說自己從來沒那麼開心過，牠很感謝女孩，希望女孩回家以後，能夠偶爾想想牠，這樣蟬最快樂的模樣，就能繼續活在女孩的回憶裡，跟著女孩一起活下去。

這就是蟬最後的心願。

還有，樂樂，我想跟妳說……」

「樂樂……」吳太太擔心地看著不住哭泣的女兒。「沒事吧？有沒有怎麼樣？有沒有……受傷？」

樂樂哭得抽抽噎噎，聽見母親的話，只是搖搖頭，雙手摀著胸口，表情難過。過了好久好久，樂樂才擠出斷斷續續的句子：

「媽……我沒有事，只是心很痛、很痛……媽，不知道為什麼……我的心好痛，嗚……」

聽見樂樂的話，吳太太不禁鼻酸了。

她慚愧地低下頭，因為出於一種很複雜的，像是懊悔般的心情。

阿日在沙灘上醒來時，眼前所見盡是一片暗沉沉的灰茫氣息。周遭的靜謐讓阿日知道，這個世界還沒醒來。

樂樂應該已經到家，也入睡了吧。或許，也聽見留言了。

阿日坐起身，看著眼前朝自己推擠而來的大海，整排張牙舞爪的浪，彷彿奮力地想抓伏他的腳、他的身體。像頭巨大的獸。

海，真是種奇怪的存在啊。

阿日想起下午，在明亮的陽光照射下，灼人的溫度、燙熱的細沙、海面上頑皮跳躍的金色光芒、灘邊嬉戲的笑聲……那時，這片沙灘承載了他與許多人的快樂和期待。

到了深夜，同樣的地方，卻又被人投以憂懼目光，視為猛獸般避險不及。

明明同一片海灘，只因為周遭有了變化，便被人投以不一樣的感覺。

然而，說不定在什麼都沒有的時候，才是最接近海本身樣貌的時候。

就是在日出之前、與月落以後的現在，在光與影都尚未出手干預前，眼前蒼茫的浪、淡而涼的沙與遠方死灰般的雲……這些，才是這片海灘最樸素的本貌吧。

海，就只是海而已。

而海，也是盡頭。

這裡是盡頭了。

他再也沒有能夠後退的地方了。

阿日從口袋裡拿出紅眼蟬標本，輕握在手心，慢慢地走向大海。

浪花貪婪攀抓著阿日的腳掌，海水推擠、簇擁著他，他將手上的紅眼蟬又握緊了些，為了適應刺骨的冰冷感，阿日閉上眼，不讓自己因為節節上升的恐懼而臨陣脫逃。他感覺得到這片海正寸寸地將自己吞噬——

風一般徐徐的光，細細撫過阿日悲傷的臉龐。

他睜開眼睛，手不自覺一鬆，掌心裡的紅眼蟬掉落在海面上。

阿日為眼前所見而呆住——

一道橘黃色的暖光探出海平面，喚醒了世界。

小小的火光般的光線，緩緩綻放，天空霎時被渲染成淡淡的薄紫。

那柔和的淡紫色，像極一位慈愛母親的目光。

或許像他溫柔的母親，在被憂鬱疾病纏身時，偶爾清醒的片刻。她終於有機會短暫地做回她自己。

或許像他母親臉上的笑容，對心愛的兒女無私綻放，如此寧靜，而明亮。

像他美麗的母親，哼著輕柔簡單的旋律，用愛，哄誘著兩個寶貝入睡。母親彷彿知道他們長大以後能成為一對最好的朋友。

或許，母親曾和自己心愛的雙胞胎兒女，一起嘻笑、玩鬧，最後累了，母親讓兩顆小小的頭顱輕輕地並靠在一起。就像火車上他和樂樂相倚入睡的模樣。

在母親溫暖的懷抱裡，他的笑容就像那時他該有的純真。

……逐漸燒紅的天空，被撥出一個洞，讓甦醒的陽光通過。

破出的日像嶄新的生命，把世界點亮了。

溫熱的淚水從阿日的眼睛流出。阿日想起自己在樂樂手機裡留下的最後一句話：

「……還有，樂樂，我想跟妳說，這段時間能夠遇見妳，真的太好了。」

望著眼前美麗的景象，阿日像個孩子似地哭了起來。

清晨，一隻紅眼蟬漂浮在謐藍的海波上，緩緩前移。海波尾部連著一環白色浪花，陣陣地往淺灘上拍擊。

後方，風將一只被遺留原地的塑膠袋吹得鼓脹、啪啪作響。

雲層像團巨大泡沫淤積著。

沙灘上空無一人。

下一次，夏天來的時候

十七年後。

「叔叔，你在幹嘛？」

他睜開眼睛，看見小男孩站在自己面前。

小男孩將球鞋前的足球撿起，圓亮有神的雙眼好奇地望著他，又問了一次：

「叔叔，你剛剛在睡覺嗎？」

阿日笑了，調整了下頭上的鴨舌帽說：

「叔叔在聽蟬聲。聽現在的蟬聲，還有……十七年前的蟬聲。」

這句話超過小男孩所能理解的範疇，他歪著小小的腦袋：

「為什麼要聽十七年前的蟬聲？」

阿日微笑地回答小男孩：

「因為以前叔叔做了一件錯事，被人罰很久、很久都不能來這裡聽蟬的叫聲。」

「喔，」小小的腦袋微歪著，彷彿仍有些不解：「蟬的叫聲有什麼好聽的？那麼吵！」

小男孩一面好奇地望著阿日所坐的長椅下方，一面怯生生地走近。

「你沒有聽過紅眼蟬的故事嗎？」阿日望著公園另一端的年輕夫妻，「……你媽媽沒告訴過你嗎？」

「沒有。媽媽會說很多動物的故事，可是這個我還沒聽過……」小男孩在阿日腳前蹲下，把西瓜般大的球放在一邊。他看著面前的拉布拉多犬，仰頭問阿日：「叔叔，牠會咬人嗎？」

阿日笑了笑：「當然不會。」

「那我可以摸牠嗎？」

「可以，但別嚇到牠喔。」

得到允許後，男孩伸出手掌小心、生疏地輕刷大犬頸上的短毛，看見狗狗舒服地瞇起眼睛的模樣後，也跟著開心地笑了。

小男孩突然問阿日：

「叔叔，你認識我媽媽嗎？」

阿日看著那對夫妻站在兒童遊樂區內，看顧著小女孩玩各式遊樂設施。看起來和男孩同年齡的小女孩笑得十分開心，一旁已為人母的樂樂則增添了幾分溫柔成熟的氣質。

「不，不認識。」阿日溫聲說。

「叔叔，牠叫什麼名字？」小男孩問。

「牠叫樂——」

聽見後方傳來耳熟的叫喚聲，小男孩轉過頭，看見隔了段距離的母親雙手圈著嘴，遠遠朝自己喊著。

「你媽媽在叫你了。」阿日微笑地看著小男孩。

「喔。」

「那是你妹妹嗎？」

阿日看見小女孩走到樂樂身旁，模仿母親的動作，一起叫喚著男孩。

「嗯，我們是雙胞胎。」

小男孩又依依不捨地摸了大犬一會兒，才站起身。

阿日拿起腳下的足球，笑著遞給小男孩。

「你叫做什麼名字？」

「永日，周永日。」

聽見小男孩的名字，阿日的眼神瞬間溫柔了起來。

「永日……趕快回去吧。」他輕聲對小男孩說：「這一次，一定要好好跟緊爸爸、媽媽喔！」

永日拿著足球，對阿日微微鞠躬，朗聲說：

「叔叔再見！」

阿日望著永日輕快跑開，朝父母和妹妹的方向奔去的身影。

永日爸爸一見到永日立刻將他高高舉起，扛坐在自己肩上，大掌一手扶著兒子，一手與太太相牽。樂樂一手與丈夫十指扣緊，另一手則拉著女兒的小手。

坐在爸爸肩膀上的永日回頭，遠遠地朝阿日搖舉著手上的足球。

阿日也揮了揮手，目送一家四口拖著幸福的影子，慢慢走出公園。

夕陽柔柔地下沉了。

感應到主人的情緒，地上的樂樂跳上長椅，不斷磨蹭著阿日。

阿日一手輕撫著身旁大犬，雙眼輕輕閉起，彷彿正在聆聽什麼，嘴角彎成一道接近幸福的弧度。

「啊，是夏天哪。」

釀文學254　PG2582

黃昏市場

作　　者　凌雲杉
責任編輯　尹懷君
圖文排版　阮郁甯
封面設計　劉肇昇

出版策劃　釀出版
製作發行　秀威資訊科技股份有限公司
114 台北市內湖區瑞光路76巷65號1樓
電話：+886-2-2796-3638　傳真：+886-2-2796-1377
服務信箱：service@showwe.com.tw
http://www.showwe.com.tw
郵政劃撥　19563868　戶名：秀威資訊科技股份有限公司
展售門市　國家書店【松江門市】
104 台北市中山區松江路209號1樓
電話：+886-2-2518-0207　傳真：+886-2-2518-0778
網路訂購　秀威網路書店：https://store.showwe.tw
國家網路書店：https://www.govbooks.com.tw
法律顧問　毛國樑　律師
總 經 銷　聯合發行股份有限公司
231新北市新店區寶橋路235巷6弄6號4F
電話：+886-2-2917-8022　傳真：+886-2-2915-6275

本出版品獲109年度文化部青年創作獎勵補助
出版日期　2021年11月　BOD一版
定　　價　360元

讀者回函卡

Printed in Taiwan

國家圖書館出版品預行編目

黃昏市場 / 凌雲杉著. -- 一版. -- 臺北市：
釀出版, 2021.11
面； 公分. -- (釀文學；254)
BOD版
ISBN 978-986-445-512-6(平裝)

863.57　　110011771